尽くしたがりなうちの嫁についてデレてもいいか？
斧名田マ
イラスト あ
story by ononata m
illustration by ay
JN131148

乙女心は
複雑なのです……
花江《はなえ》りこ
18歳。「姫」と称される
才色兼備な高校三年生。
家事全般が得意な
完全無欠のお嫁さん。

全然、気にしなくていいと思うよ
何をしたって
りこならかわいいから。
新《にい》山《やま》湊《みな》人《と》
18歳。りこの提案で
「契約結婚」した高校三年生。
おとなしい性格で、
典型的な地味メン。
りこの顔がボッと真っ赤になった。

はい、あーん
ほらほら、湊人くんも食べてみて？

そんなっ、人前なのに……!?
りこを喜ばせてあげるはずが、
また今回も俺ばかり
幸せにしてもらっている。

具合はどう？
少しはよくなったかな？
今日はこのまま
ゆっくり休んでね
俺は柔らかい温もりの上で
そっと目を閉じた。

CONTENTS
we started a so sweet newlywed life.

尽くしたがりな
うちの嫁について
デレてもいいか？2

斧名田マニマニ

GA文庫

カバー・口絵　本文イラスト
あやみ

一章
夫と妻で
彼氏と彼女⁉

一話

嫁と彼女？

——りこといろんなことがあった特別な夜。

俺《おれ》は一人きりになってからも、どうやったらりこに好きになってもらえるかをあれこれ考えていたせいで、なかなか寝付けなかった。

努力をするとは決めたものの、どこからどう手を付けたらいいのか。

恋愛に疎《うと》い人生を歩んできた俺がどれだけ悩んだって、無い知恵は絞《しぼ》りようがない。

そう結論を出した頃には、室内は明るくなりはじめていた。

……誰か、そういうことに詳《くわ》しい人間に相談してみようかな。

澤《さわ》は……あんまり当《あ》てにならなそうだ。

とはいえ他に候補が浮かばない。

◇◇◇

うんうん唸《うな》りながら登校した俺は、昇降口《しょうこうぐち》を潜《くぐ》った辺りで、何かがこれまでと違《ちが》うことに気づいた。
なんだかやたらと視線を感じる。
みんながこっちを見て、ひそひそと話している。
……なんだ？
こんな経験初めてだ。
戸惑《とまど》いを覚えながらとりあえず教室に向かうと――。
「……何これ」
黒板に貼《は》られた校内新聞。
その上にはピンク色のチョークでこう書かれていた。

――学校一の美少女、花江《はなえ》りこ姫《ひめ》が選んだ彼氏は、
学校一の地味《じみ》メンだった⁉

校内新聞に載《の》っている写真には、りこと俺がエコバッグを二人で持っている姿が写っていた。

「……っ」

愕然《がくぜん》として教室内を見回すと、校内新聞を手にしたクラスメイトたちと目が合った。

「新山《にいやま》……！　おまえこれ……どういうことだよ……⁉」

右手に校内新聞を握《にぎ》り締《し》めた澤が駆け寄ってくる。

教室内は一瞬《いっしゅん》で静まり返った。

クラスメイトたちが興味津々《きょうみしんしん》という態度で、俺の返事を待っている。

「う……」

こんな事態なんて想定していなかったから、頭がまったく回らない。

とにかく誤魔化《ごまか》さなければ……‼

でもあんな写真を撮られてしまったのに、一体、なんて言ったらいいんだ。

ただの幼馴染《おさななじみ》だからと言って通用するとは思えない。

そのとき――。

もっともまずいタイミングで、俺より少し遅れて登校したりこが、教室の入り口に姿を現した。

◇◇◇

このままでは、りこがみんなの好奇心《こうきしん》の餌食《えじき》になってしまう。

なんとしても俺がりこを守らなければいけない。

そう思った一秒後には、勝手に体が先に動いていた。

「りこ、こっち！」

りこの手をとって走り出した瞬間、興奮するクラスメイトたちの歓声《かんせい》がわっと巻き起こった。

そのまま俺はりこを連れて廊下《ろうか》を走り抜け、階段を駆け上り、屋上へと向かった。

「湊人《みなと》くん……っ」

肩《かた》で息をしながらりこが俺の名前を呼ぶ。

「あ！　ごめん！」

慌《あわ》てて握り締めていたりこの手を離す。

「りこ、黒板に書いてあったことだけど……」

俺は自分が理解できている範囲でりこに状況を説明した。

話を聞いているうち、りこの顔色はどんどん青ざめていった。

「どうしよう。ごめんね、ごめんね……！　私が一緒に商店街に行きたいなんて言ったから……」

「りこのせいじゃないよ。さすがに写真を撮られてたのはびっくりしたけど」

俺がそう言うと、りこは悲し気な表情で首を横に振った。

「そんなことないの」

「え？」

「……実はね、こういうこと初めてじゃなくて……」

「あ……」

校内新聞にりこのことが書かれているのを、俺も何度か見たことがある。

考えてみれば、これらの記事はりこのプライバシーを侵害《しんがい》したものだったのだ。

人気のある生徒の記事を載せると、反響が大きいのはわかる。

でも、やっぱりそういうのは、本人の許可を取って掲載するべきだろう。

校内新聞は週刊誌なわけじゃないのだから。

「私がもっとちゃんとやめてほしいってお願いしとけばよかった。だから、私のせいなの。湊人くん、巻き込んじゃって本当にごめんね。こういうことはもうなしにしてって話しておくね……。でも、今騒ぎになっちゃってることはどうしよう……」

りこが思い詰めた顔で俯《うつむ》く。

りこにこんな顔をさせておくわけにはいかない。

俺がなんとかしなくちゃ。

この場合、どうするのが一番いいんだろう？

とにかくなんとしても避けなければならないのは、俺たちが一緒に住んでいて、そのうえ入籍《にゅうせき》しているという事実を知られることだ。

万が一、そんな事故が起きれば、今まで以上に注目を浴びてしまうのはわかりきっていた。

好奇心の目は、俺ではなくほとんどりこに向かうに決まっている。

だからこそ、俺たちが結婚していることは絶対に知られるわけにはいかない。

俺は澤の手から奪ってきた記事を改めて読み直した。

暴かれているのは、俺たちが商店街で買い物をしたことと、二人で俺の家に帰ったこと。

記事の中で、俺たちは付き合っている可能性大だと書かれている。

「……ねえ、りこ。いっそ付き合ってることにしちゃうってのはどうかな?」

「えっ」

「状況的に何もない関係だって誤魔化すのは難しそうだから、けっ、結婚のことがバレるよりはいいかなって考えたんだけど」

目を丸くして驚《おどろ》いているりこを見たら、自分がとんでもない提案をしてしまったと思えてきた。

「ご、ごめん、やっぱりなんでもな――」

「いいと思う!!」

「……ほんとに?」

「うん！　湊人くんさえよければ、私は大賛成！　私たちが付き合ってることにしちゃえば、今後二人でお買い物に行ったり、一緒に帰ったりしても変に思われないし！　他にも湊人くんとやりたかったことが全部できるようになるし！」

「りこ、何か一緒にしたいことあったの？」

「あっ……！　い、今のは勢いで言っちゃっただけだから、とりあえず忘れてくださいっ……」

「うん？」

なんだかよくわからないが、忘れてくれというので一応頷《うなず》き返す。

「あーでも、俺がりこの彼氏なんて言っても誰も信じないかな」

「なんで？」

「だって全然釣り合い取れてないし」

「……うっ。ごめんなさい。私もっと素敵《すてき》な女の子になるよう努力します……！」

「え⁉　そっち⁉　りこじゃなくて、俺がりこの彼氏には力不足だって話だよ⁉」

ってこんなふうに言ったら、りこは違うと返すしかない。

案の定「そんなことないよ！」と必死で否定してくれたので、穴があったら入りたいような気持ちになった。

「えっと、とりあえず教室に戻ろうか。始業の時間も近づいてるし」

「うん。でも、付き合ってるって宣言するなんて、緊張しちゃうね……」

「りこ、もう一度確認するけど本当にいいの？　いくら嘘《うそ》とはいえ、りこの付き合ってる相手は俺だってみんなに思われちゃうんだよ？」

俺なんかが相手で恥《は》ずかしくないのか。

地味メンなんて書かれるやつだぞ。

そう思って確認したら、りこは頬《ほお》をピンク色に染めて、こくこくと頷いた。

「……私にとっては夢みたいだもん」

「え？」

「ううん！　なんでもない！　……ね、教室、手繫《つな》いで戻る？」

「なっ、ごほっごぼっ、なんで……？」

思わず噎《む》せながら尋《たず》ねる。

「だってほら、教室を出てくるときは手を繫いでたから」

「た、たしかに」

「そのまま戻る方が付き合ってるっぽいかなって」

上目遣《うわめづか》いに俺を見上げてきたりこが、「どうかな？」と首を傾《かし》げる。

か、かわいすぎるだろ……。

俺が二つ返事で承諾《しょうだく》したことは言うまでもない。

一章
夫と妻で
彼氏と彼女!?

二話

恋人宣言！

このまま噂《うわさ》を放置すれば、今回の新聞部のように変に勘《かん》ぐったり、探りを入れてくる輩《やから》も現れるだろう。

冗談《じょうだん》ではなく、りこはそのぐらい注目を集めている存在なのだ。

でもそんなことになったら、一緒に住んでいる事実を暴《あば》かれかねない。

そう考えた結果、俺《おれ》とりこは教室に戻るなり、あえて交際宣言をしたのだった。

一応、りことの間で打ち合わせはサッとしてあって、ボロが出ないようにできるだけ真実に基《もと》づいた嘘《うそ》をつこうということになっている。

口下手《くちべた》な俺が主導権を握るとすぐやらかしそうなので、説明役はりこが引き受けてくれた。

「りこ、この校内新聞どういうこと⁉　二人って本当に付き合ってたの⁉　……って、その手‼　うえええっっ⁉　マジで⁉」

俺たちがいない間に登校してきたらしい麻倉《あさくら》が、喚《わめ》きながら駆け寄ってくる。

返事を聞こうと、クラスメイトたちもわっと集まってきて、俺とりこはあっという間に取り囲まれてしまった。

教室の入り口で俺が戻ってくるのを待っていたらしい澤《さわ》もそれに便乗してきた。

「おいおい！　どういうことだよ⁉　幼馴染《おさななじみ》ってだけじゃなかったのか⁉」

「えへへ、実はお付き合いしてました。ね？　湊人《みなと》くん」

首を傾《かし》げてニコッと笑うりこがかわいすぎる。

——まずい、見惚《みと》れてる場合じゃなかった。

とりあえず俺は慌《あわ》てて頭を縦に振って、りこの問いかけに答えた。

クラスメイトたちは信じられないというように俺とりこを交互に眺《なが》めている。

「付き合ってたって……」

「信じられない……」

「花江《はなえ》さん、新山《にいやま》に何か弱み握られたの……？」

「いや、でも、新山にそんなことできそうにないか……。となるとますます謎《なぞ》なんだけど」

だいたい俺の予想したとおりの反応が方々《ほうぼう》から返ってくる。

まあ、そうだよな。

俺だって、俺みたいな地味《じみ》メンが、学校一の美少女の彼氏なんて言われても信じられない。

ところがりこはムッとした顔になって、右手を繋《つな》いだままの状態で左手を俺の腕《うで》に絡《から》めてきた。

まるで腕をりこに抱き締められているみたいで、色々とやばい。

「みんな、どうして私が弱みを握られているなんて言うの？」

「だって、りこと新山くんが付き合うなんてありえなさすぎるから！　だいたい、今までどんなイケメンの告白もまったく相手にしなかったのにどうなってんの……⁉　もしかしてりこって、イケメン嫌《ぎら》いだったりする⁉」

麻倉が興奮しながら詰《つ》め寄っても、りこはいつもどおりおっとりとしている。

そしてそのまま、場を凍《こお》りつかせるようなことを言ってのけた。

「え？　どうして？　湊人くんって、すごくかっこいいよね？」

その瞬間、教室内がしーんと静まり返った。

悲しいくらいの沈黙《ちんもく》が、りこの発言を全否定している。

ううっ……。

自分がイケメンじゃないことなんて百も承知だけど、哀《あわ》れみを込めた眼差《まなざ》しを一斉に向けられるのはキツいものがある。

りこが俺の外見のことを庇《かば》ってくれたのは優しさだろうけれど、そこはスルーしてよかったのに……！

「ま、まあ、恋は盲目《もうもく》って言うしそれはいいとして……。ねえ、りこ。本当の本当に付き合ってるの？」

「うん！」

「なんか全然信じられないなぁ……」

麻倉の言葉に、うんうんと首を振るクラスメイトたち。

そんな彼らの間から、澤がじとっとした視線を向けてくる。

おい、澤。おまえは俺の友人なんだから、味方に回ってくれてもいいだろう……！

そう心の中で思った直後、ハッとした。

まずい……。

そういえば澤にはこないだりことのことを聞かれて、苦し紛《まぎ》れに「他に好きな人がいる！」なんて言ってしまったんだった。

となると今、澤は俺のことを「別に好きな子がいるのに、りこと付き合ったろくでなし」と思っているのだろう。

よく見れば、他の生徒たちに比べて澤の投げかけてくる視線だけやけに刺々《とげとげ》しい。

これはあとでちゃんと弁解しておいたほうがよさそうだ。

「信じられないなんて言われると悲しいな……」

澤の件で慌てていた俺の隣《となり》で、りこが悲しげに呟《つぶや》く。

その途端《とたん》、クラスメイトたちは申し訳なさそうに身を小さくさせた。

どうやらみんなりこをいじめているような気持ちになったらしい。

「ご、ごめんね、りこ。私たち驚《おどろ》いちゃっただけで、本気で疑ってるとかじゃないよ？」

「ほんとに？」

「うんうん。ねえ、みんな！」

麻倉の声にクラスメイトたちが慌てて頷《うなず》く。

この流れなら、丸く収められるかも。

そう期待した直後——。

「良かったあ。ずっと好きだった湊人くんとやっとお付き合いできるようになったから、レイちゃんにも応援してもらいたいって思ってたの」

「えっ⁉　りこのほうが好きになったたってこと⁉」

麻倉が目を見開く。

「うん。私が湊人くんを大好きで、告白したの。だからね、私、今すっごく幸せなんだぁ」

あんぐりと口を開けた皆さんが、また一斉に俺を見てきた。

それなのに、俺は顔がどんどん赤くなっていくのを隠し切ることができなかった。

だって、嘘でもりこから「大好き」なんて言ってもらえるなんて……。

ああ、やばい。

心臓《しんぞう》がバクバクしてきた。

「新山おまえ……前世で一体どんな徳《とく》を積んだんだよ……」

澤が絞《しぼ》り出したような声でそう呟いた。

澤の言うとおりだ。

俺はたしかに身の丈《たけ》に合わない幸せをりこからもらいまくっている。

「うん。もしかしたら、前世で人柱《ひとばしら》にでもなったのかもしれない」

「前世の頑張《がんば》りに関しては、私も自信あるのです！」

りこが腰《こし》に手を当てて、得意げに胸を張る。

することなすこと全部かわいいんだけど、どうしたらいい？

「だって私ね、こんなに幸せでいいのかなあって毎日思ってるの。こんな奇跡みたいな日々が続くなんてすごすぎるよおって。だからきっと私、湊人くんの傍《そば》にいる幸せを手に入れるために、前世でめちゃくちゃ頑張ったんだと思う！　えへへ！」

ま、待って、りこ！

かわいさをもうちょっと手加減してくれ……！

みんなに信じさせようとして頑張ってくれているのはわかっているが、俺の心臓がもたない……！

本気でそう思い始めた時、ようやく本鈴《ほんれい》が鳴ってくれた。

りこと一瞬《いっしゅん》目を合わせて、微《かす》かに頷き合ってから自分の席に向かう。

なぜかりこがすごくうれしそうな顔をしていて、そのかわいい表情は俺の心に残像《ざんぞう》のように残った。

三話

高校生カップルの正しい過ごし方（平日編）①

その日は一日中、色々と大変だった。

まず、とにかくやたらと視線を浴びる。

休み時間や移動教室の際はおろか、授業中ですらだ。

りこと幼馴染《おさななじみ》だって嘘《うそ》をついた時も注目を集めてしまったが、はっきり言って比じゃない。

「ほら、あの人が花江《はなえ》さんの……」

「ええっ……。ほんとに……？」

視線とセットで聞こえてくるのは、潜《ひそ》めた声の噂《うわさ》話。

まあ、うん、言わんとしていることはわかるよ。

不釣り合いだ、信じられない、ってことだろう。

俺《おれ》も同感だからよくわかる。

それなのに、りこに好きになってもらおうと思っているなんて、俺も図太《ずぶと》くなったものだ。

そもそも、こんなふうに注目を浴びるのだって、本来はめちゃくちゃ苦手なのに。

そんな苦手なことさえも、りことの結婚生活を失わないためだったらやり過ごしてやると思えるようになった。

　恋愛って人をこんなふうに変えていくんだ。

　なんとも感慨《かんがい》深いものがある。

　話を戻すと、噂をされること以外にも大変な問題があった。

　澤《さわ》のことだ。

「新山《にいやま》あああああっっ！　ぬぁんで黙《だま》ってたんだよぉおおお。ひどいだろ！　どうしてどうでもいいクラスメイトたちと同じタイミングでおまえに彼女ができた話を聞かされるんだよ⁉　しかも相手がりこ姫《ひめ》なんて……！　うらやましいやら、みじめやらで、ハゲ散らかりそうだ‼」

　一限目が終わるなり、俺の席に駆け寄ってきた澤はそう言って頭を掻《か》きむしりはじめた。

　クラスメイトたちの視線が痛すぎるので、澤を連れて、急いで空き教室に逃げ込む。

「澤、落ち着けって。黙ってたのは悪かったよ。相手が相手だからさ。隠れて付き合ってて言えなかったんだって」

「前に俺言ったじゃん。りこ姫はおまえのことが好きだって。おまえは別に好きな子がいるって言ってたけど、あの時からすでに付き合ってたってこと……？」

　し、しまった。

　過去の自分がついた嘘が今の俺の足を引っ張る事態に……！

俺が答えあぐねていると、澤はなぜか突然、「ははーん」と言って腕《うで》を組んだ。

「いや、わかった。皆まで言わなくていい。おまえの気持ちはわかる」

「え？」

「他に好きな子がいたって、りこ姫みたいなかわいい子に好きって言われたら振ったりできるわけないもんな。おまえの行動を責めることなんて俺にはできないよ」

「あ、ああ」

なんだかわからないが、一人で納得してくれたようでよかった。

ただ、澤の面倒な絡《から》みは当然それだけでは終わらなかった。

その後も休み時間のたびに、澤は怒濤《どとう》の勢いで、りことのあれこれについて質問してきたのだ。

本当にりこ姫から告白してきたのかだの、いつから付き合っていたかだの。

そこまで具体的にりこと話を詰めていないから、俺は「言いたくない」と返すことしかできない。

「どうしてだよ⁉　教えてくれてもいいじゃん！」

「言えないって」

「だから理由は？」

昼飯もそっちのけで、向かいの席に座った澤が身を乗り出してくる。

学食がいつもどおりざわめいていてよかった。

こんなやりとり他の生徒に聞かれたくないし……。

「新山、理由はってば」

「り、理由は……そ、そう。あれだよ。相手があることだし。俺だけの判断でペラペラしゃべれないって」

「なんだよそれ。熱愛発覚した芸能人みたいなこと言いやがって。じゃあ、りこ姫に確認してくれよ。大親友の澤くんには二人のこと話してもいいかって」

「俺が嫌だっての」

「いや、新山。よく考えてみろ。おまえに彼女ができるのなんて初めてだろ？」

「そ、そうだけど、それがなに……？」

「おまえ一人で、常に正解のルートを選べると思ってんのか？　恋愛ってのはギャルゲーと一緒だぞ。たった一度、選択肢をミスっただけで、好き好き言ってた彼女が『新山くん気持ち悪い。別れて』とか言い出すんだぞ」

「……っ」

「もう一度聞く。おまえ一人で常に正解のルートを選べる自信はあるか？」

俺は血の気が引くのを感じながら、首を横に振ることしかできなかった。

自信なんてあるわけがない。

「だったら恋愛のスペシャリストである俺を頼るべきだろう」

「澤だって彼女いたことないじゃん……」

「まあな！　でも俺は物心がついた頃から、恋愛工学について研究しまくってきたからな！」

うーん。頼りになるのかならないのか……。

でも、たしかに俺がない知恵を絞るより、相談相手がいるほうが少しはマシな気もする。

「りことの間にあったことを話してもいいかは、本人に聞いてみるまで待ってくれ」

「わかった！　じゃあ、質問内容を変える」

「……まだこの話題続けるのか」

「当たり前だろ。中身のある情報全然得られてないんだから！」

「おまえ、明らかに楽しんでるよな……？」

「何言ってんだよ。心配二割、楽しみ八割だから！」

それほとんど楽しんでるじゃないか……！

「で、次の質問だけど――なんで付き合ってるのに、昼飯をりこ姫と一緒に食べないんだよ？」

「え？　普通はそういうもんなの？」

「だって、ほら見てみろよ」

澤が顎《あご》で示した先に視線を向けた俺は、男女二人で昼食を摂《と》っているテーブルがあるのに気づいた。

「みんなああやって二人の時間を楽しんでるわけよ。大人と違って高校生の恋愛なんて、二人で過ごせる時間が限られてるじゃん。放課後にデートをするにしたって、あんま遅くまでうろついてたら補導されるしな」

「なるほど」

「おまえなんてただでさえバイト入れまくってて時間全然ないだろ。そしたら平日は、昼休みと、帰るときぐらいしかりこ姫との時間を確保できなくない？」

まさか「家に帰ったらずっと一緒だし」とは言えないので、俺は曖昧《あいまい》な笑みを返した。

「なんだよ。なんかやけに余裕があるな？　……はっ、まさか」

「な、なに」

思いっきりギクッとなってしまった。

「休日にデートしまくってるから、平日は別にぃ的なやつか⁉　くそ！　うらやましすぎるぞ！　滅びろ‼」

澤の的外れな推測を聞いて、胸を撫《な》でおろす。

「なああ！　りこ姫とどんなデートしてるの？　誰にも言わないから教えてくれよ！」

「デートって……」

そもそも二人で外出したのは、あの商店街での買い出しの時だけだ。

まいったな……。

架空《かくう》のデートの体験談でも語っておくべきか？

いや、今まで人生で一度もデートをしたことのない俺だ。

すぐにボロが出て、嘘がバレるに決まっている。

そしたらなんでそんな嘘をつく必要があったんだという話になってくるし、下手《へた》したら付き合っていること自体が嘘だとバレかねない。

ここは正直に話したほうがよさそうだ。

「デートしたことないんだよね」

「は⁉　嘘だろ⁉」

「いや、ほんとに」

「なんでだよ⁉　てか、あの商店街で撮られた写真は⁉」

「一緒に出掛けたのってあれ一回だけだし、そもそも商店街で買い物するのをデートって言えるのか？」

「た、たしかに……。ってなんでデートしないんだよ⁉　あ、二人の関係を隠してたから？」

澤が俺にとって都合のいい球を投げてくれたので、慌《あわ》ててそれを受け止める。

「そうそう！　だからどんなデートをしてるも何もないんだよ」

「そっかぁ。でも、これからはどこでも行きたい放題だな！」

「へ？」

「だってもう隠す必要はないんだし。さっそく今週末デートしてこいよ！　たしか久《ひさ》しぶりにバイトが休みだって言ってただろ。そんで俺に報告な！」

「いやいや、しないって！」

「おまえなあ、デートを面倒がる男は、女の子に嫌われるぞ」

「え……。そうなのか……？」

「当たり前じゃん。娯楽《ごらく》も刺激《しげき》も提供してくれない男なんて、つまらなすぎてすぐに愛想《あいそう》を尽《つ》かされちゃうって」

愛想を尽かされる……。

その言葉の攻撃力が高すぎて、クラッとなった。

って、それはりこが本当の彼女だったらっていう話だよな⁉

いや、でも付き合っていない男女でも、デートに誘うことで澤の言うところの「娯楽や刺激」を提供することができるのだろうか？

もし、それができるのなら、デートって「俺と付き合うと楽しい」ってりこにアピールするチャンスなんじゃないか……？

「だいたいさ、学校でも一緒にいないうえ、デートすらしてないのがバレたら、他の男たちがりこ姫を狙《ねら》い出す危険があるぞ。今までは男子全般相手にしてなかったから、みんな高嶺《たかね》の花として遠くから眺《なが》めてるだけだったけど、彼氏を作ったうえ、相手が平々凡々《へいへいぼんぼん》とした新山だからなぁ。下手したらりこ姫が入学した当時の告白ラッシュが再来しかねないって」

「……っ。それは困る……」

「だろ？　彼氏がいようがおかまいなしの奴だっているだろうし。二人の関係に隙《すき》があるって思わせないほうがいいよ」

「そっか。そうだな。だけど、隙を作らないためには、具体的に何をしたらいいんだ……？」

「だからいちゃつきながら昼飯食ったり、いちゃつきながら一緒に登下校したり。二人は超がつくほどのバカップルで、誰も割って入ることなんてできませんって見せつけてやればいいんだって」

「でも、りこが嫌がったら……」

「なんで嫌がるんだよ。りこ姫はおまえのことが好きなんだろ？」

「それはその……ふ、複雑な事情があるんだ」

こういうときに真実を話せないのは厄介《やっかい》だ。

「複雑な事情？　なんかよくわかんないけど、さっき俺が例に出したのって付き合ってる学生カップルなら普通にするようなことじゃん」

「……いちゃつきながら昼飯を食うことが？」

「そりゃあ、いちゃつき度合いは人によるだろうけど、付き合ってる連中のほとんどが一緒なんのために昼休みを過ごすし、二人で登下校してるんだよ。逆にそういうことをしないなら、なんのために付き合ってるんだって話になるだろ。俺たち付き合いましょうってなったのに、恋人同士らしいことを全然してくれない彼氏なんて、女子からしたら最悪だよ。退屈《たいくつ》だし、『私なんのためにこの人と付き合ってるんだろー』って思われるって」

「なっ……。そうなのか⁉」

「間違いないね。言っとくけど、付き合うことがゴールじゃないんだからな。むしろ大事なのは付き合いはじめてからだよ。ちゃんと相手を楽しませて、惚《ほ》れさせ続けないと、すぐ捨てられるぞ」

そもそも俺はまだ付き合えてもいないわけだけれど、澪の言葉には俺の知りたかったことへのヒントが隠れていた。

「澪、ちょうどそのことについて相談したかったんだ！　なあ、女の子を惚れさせるためには、何をどう頑張《がんば》ったらいいんだと思う？」

「どういうこと？　りこ姫はもうおまえに惚れてるんだろ？」

「あっ。い、いやその……」

りこのあれは演技で、これから好きになってもらうために努力するつもりだ――とは、もちろん言えない。

「そ、そうだ！　ほら、今ちょうど澪が言ったじゃん。惚れさせ続けないと捨てられるって。

つまりそのための努力をしたいってこと」

「ああ、なるほど。それなら話は簡単だ。女の子に好きでい続けてもらうためには、何よりも日頃の甲斐甲斐《かいがい》しさが大事だ！」

澤も俺と同じで、これまで一度も彼女などいたことがない。

でも、俺と違って暇《ひま》さえあればラブコメラノベを買いまくり、恋愛特集が掲載されている雑誌を読み漁《あさ》り、さらに恋愛関係の自己啓発《じこけいはつ》本まで集めているだけあって、恋愛に関する知識はかなり豊富だ。

何をどうしたらいいかもわからない俺にとって、澤はものすごく頼れる存在なのではないかと思えてきた。

「日頃の甲斐甲斐しさってどういうこと？　もっと詳しく頼む」

「うむ。つまりだな、さっき言ったように、毎日彼女と昼飯を食べたり、彼女と一緒に帰ったり、そういう日常の中でのやりとりを大事にしつつ、彼女が喜びそうな行動をさりげなくとっていくわけよ。たとえば弁当《べんとう》を作ってくれたらそれがマズかろうが大喜びしたり、髪型がちょっとでも変わっていたら過剰《かじょう》なぐらい褒《ほ》めたり、一緒に帰るときだってわざわざ彼女のところまで自分が迎えに行って、お姫様気分を味わわせてあげたり。釣った魚に餌《えさ》を与えないなんて言葉があるけど、あんなのが通用したのは一昔前の話。今、男がそんなことをしたら、一瞬《いっしゅん》で心変わりされて捨てられるのがオチだ。付き合ってても退屈なイケメンより、めちゃくちゃマメで楽しませてくれるフツメンのほうがモテる時代なんだよ」

「な、なるほど……」

女の子の心を摑《つか》むことも、その好意を離さずにいるのも、かなり難しそうだ。

とはいえ、少しだけ希望が見えてきた。

これからイケメンになることは不可能だけど、マメに努力するというのは、俺の頑張り次第なのだから。

「……よし。わかった。とりあえず、今日一緒に帰ろうって自分からりこを誘ってみる」

「おお！　その意気だ！　んで、なんか甘酸っぱい事件が起きたら俺に報告してくれよ！」

ワイドショーを楽しむ主婦みたいな目をして、澤が肩《かた》を組んでくる。

どうやら澤は、俺とりこの関係を娯楽として楽しむ方向にシフトチェンジしたようだ。

澤って普段から恋愛関係の話が大好きだしな……。

とはいえ俺にとっては唯一《ゆいいつ》の相談相手だし、邪険《じゃけん》にはできない。

正直、澤はもともとりこに憧《あこが》れていたから、俺たちが付き合っていると聞いて怒ってしまうんじゃないかと心配していた。

それなのに怒るどころか、明るく祝福してくれた澤には感謝している。

本人に言うと調子に乗りまくるだろうから、伝えてはいない。

「明日、新山からどんな報告を聞けるか楽しみだなー！」

「変な期待するなって……」

「無茶言うなよ。俺の周りで初めて誕生したリアルカップルなんだぞ！　出汁《だし》が出尽くすまで情報を絞り取らせてもらうからな」

「……そんなこと言われたら、何があっても澪には黙ってようってなるよ」

「おいおい、こんなに親身になってやったのにそれはないだろ、新山！」

澪の協力には感謝しているが、出しにされるのはちょっとね……。

そもそもの話、たとえりこが一緒に帰ってくれても、澪が喜ぶような甘酸っぱい事件なんて起こりようがない。

そう高を括《くく》っていた俺の予想は、ものの見事に外れることとなる。

一章
夫と妻で
彼氏と彼女⁉

四話

高校生カップルの正しい過ごし方（平日編）②

その日の放課後。

部活へ行く生徒や、このあとどこで遊んでいくか相談をしている生徒たちの合間を縫《ぬ》うようにして、俺《おれ》はりこの席へ向かっていった。

のんびりと帰り支度《じたく》をしていたりこが、自分の上にかかった影に気づいて顔を上げる。

「湊人《みなと》くん、どうしたの？」

当たり前のように微笑《ほほえ》みかけてくれるりこが尊《とうと》すぎる。

いつものようにりこに見惚《みと》れてポーッとなってしまい、慌《あわ》てて頭を振る。

はやく目的を果たさないと……！

「あっ、あの、りこ」

「うん？」

「その、えっと……っ、つまり」

しまった。変に言い淀《よど》んだせいで、どんどん伝えづらくなってきた。

「湊人くん、何か言いづらいことがあるの？」

「……」

声を発したいのに、気持ちばかりが急《せ》いてしまって上手《うま》くいかない。

だめだ。一旦《いったん》落ち着こう。

ただ、一緒に帰ろうって誘うだけなのに……。

なんでこんなに難しいんだ……。

自分が情けなさすぎて、この場から逃げ出したくなったとき――。

「大丈夫。ゆっくりで平気だよ」

りこは俺の手をそっと摑《つか》むと、優しく言い聞かせるようにそう伝えてくれた。

「りこ……」

りこの思いやりに救われて、少しだけ冷静さを取り戻せた。

よし、今度こそ頑張《がんば》れ俺。

俺のために待っていてくれているりこに、自分の気持ちを伝えるんだ。

「り、りこっ！　よかったらそのっ、一緒に帰らない⁉」

緊張しまくっているのがバレバレの早口でそう叫ぶと、りこが反応するより先に周囲がザワッと声を上げた。

あれ⁉　俺、そんなに声大きかったかな⁉

ちゃんとカップルだとアピールするために誘ったところはあるものの、注目されるのはやはり恥《は》ずかしい。

やらかしてしまったと後悔していると、制服の裾《すそ》をクンっと引かれた。

振り返れば、りこが照れくさそうな上目遣《うわめづか》いで俺を見上げている。

「湊人くんから誘ってくれるなんて、夢じゃないよね……？」

「……っ」

なんでそんなかわいいこと言うんだよ。

顔が蕩《とろ》ける。

そう思って慌てて口元を押さえると、恋煩《こいわずら》いをしているようなため息があちこちから聞こえてきた。

周囲を見回せば、男子たちがうっとりとした顔でりこを眺《なが》めている。

「りこ姫《ひめ》かわいすぎる……」

「理想の彼女だ……」

「はぁー……男の夢の権化《ごんげ》だよ……」

こらこらこら！　なに人の彼女（嘘《うそ》だけど）でときめいているんだ……！

思わずムッとなり、その事実に自分でびっくりした。

どうやら俺はりこのこととなると、人格が変わってしまうらしい。

独占欲なんて、今までは無縁《むえん》の存在だったのに。

でも、やっぱりどうしてもこの状況は面白くない。

彼女なのが偽《いつわ》りでも、りこはれっきとした俺の嫁《よめ》だ（契約結婚だけど）。

そんなふうにめちゃくちゃ心の狭《せま》いことを考えた俺は、りこの前にサッと移動して、不埒《ふらち》なやつらの視線からりこを隠してしまった。

あっという間にブーイングが上がったが知ったことか。

もっと余裕があったらこんな感情を抱かなかったのかもしれないけれど、今の俺には微塵《みじん》もそんなものはない。

「りこ、行こう！」

りこをちょっと急かして、教室の入り口に向かう。

「あ、待って……！」

ぱたぱたと後を追いかけてきたりこは、俺に置いていかれないようにと思ったのか、腕《うで》にしがみついてきた。

「えへっ。恋人同士で帰るんだから、これぐらいいいよね……？」

ちょっと舌《した》を出して、いたずらっこのようにりこが言う。

また教室中から身もだえる声が聞こえてきたので、俺はりこを引き連れて、逃げるように教室を後にしたのだった。

◇◇◇

昇降口で靴《くつ》を履《は》き替えるために離れたりこは、そのあとすぐにまた俺の傍《そば》に戻ってきた。

教室にいたときとは違って、今は周囲に人目がない。

だから、本来なら近くにいる必要もないのだけれど。

「ね、湊人くん。さっき、かっこよかった……」

俺の腕に肩《かた》をぴとっとつけたまま、りこが上目遣いに見上げてくる。

触れ合っている場所のぬくもりと、りこの爆弾発言によって、俺は一瞬《いっしゅん》で冷静さを失った。

「かっこ、ええっ……⁉　りこ、何言って……⁉」

「ちょっと強引に私を連れ出したの、ドキッとしちゃった。えへへ」

「ドキッとって……‼　えええええっ⁉」

だめだ。りこの発言がうれしすぎて、勝手に顔がにやける。

「そ、そそそれより、りこ、さっきは協力してくれてありがとう」

「え？」

「ほら、腕を組んでくれただろう？　恋人同士のアピールをしたほうがいいってりこも思ったんだよね」

「恋人同士のあぴーる？」

りこが不思議そうに首を傾げたので、あれっと思いつつ、澤と話したことを説明してみた。

「あ、そ、そっか。だから一緒に帰ろうって誘ってくれたんだ……」

「あれ？　りこ？」

なんだか元気がなくなってしまったような……。

「ううん！　大丈夫！　私少しずつ湊人くんの天然攻撃に対応できるようになってきたから！」

天然攻撃ってなんだ？

「落ち込むより、付け込んじゃうんだから！　というわけで――えいっ」

「わ!?」

もうくっつく必要はないと伝えたのに。

なぜかりこは俺の腕に両手を回し、かわいらしくしがみついてきた。

「……!!」

「湊人くん、今日はこのまま恋人っぽく帰ろ？」

「……もう誰も見てないのに？」

いいのかなと思って尋《たず》ねると、りこは俺の耳元に唇《くちびる》を寄せて囁《ささや》きかけてきた。

「だって、どこで誰が見てるかわからないでしょ……？　だからいつもちゃんと恋人のふりをしないとね！」

「な、なるほど……」

もはや理由なんてどうでもいい。

りこと手を繋《つな》いで帰れるのなら。

そう思ったことは心の内に留《とど》めて、りこから繋いでくれた手にぎゅっと力を込めた。

一章
夫と妻で
彼氏と彼女⁉

五話

嫁の優しさと気遣い

りこと俺《おれ》が恋人同士だと宣言した翌日から三日間、鎌倉《かまくら》市には静かな雨が降り続け、関東《かんとう》地方は例年より遅い梅雨《つゆ》入りを果たした。

じめじめしている梅雨を苦手な人は多いと思う。

俺ももちろんそう感じてきた。

ところが、今年の梅雨はなぜだかいつもの梅雨とは違う。

不快感《ふかいかん》を覚える回数は圧倒的に少なく、不思議と過ごしやすいのだ。

その事実に気づいたのは、梅雨入りから一週間も経《た》った夜のことだった。

バイト帰り、じめじめと降る雨から逃げるように帰宅した俺は、りこの開けてくれた玄関《げんかん》に入った瞬間、周囲の気配がふわっと軽くなるのを感じた。

「ん？」

なんだろう？

纏《まと》わりつくような重さが消えた？

「湊人《みなと》くん？　どうしたの？」

「ううん、なんでもない」

自分の抱いた違和感の正体がわからなかったので、慌《あわ》てて首を横に振る。

りこは少し不思議そうに小首を傾《かし》げてから、廊下《ろうか》を行く俺のあとをパタパタついてきた。

◇◇◇

今日もおいしそうな料理の香りが漂《ただよ》うリビングに入った俺は、ダイニングテーブルの上に置きっぱなしにされたスマホに目を留めた。

多分、俺を出迎える直前までりこが触っていたのだろう。

スマホの画面はまだ点灯《てんとう》したまま、そこにはカレンダーアプリが表示されている。

あれ？　りこ、またカレンダーを見てたのか。

なぜか最近のりこは暇《ひま》さえあれば、スマホのカレンダーアプリを確認している。

もちろんりこのスマホを覗《のぞ》き見しているわけじゃない。

でも、たまたまりこのスマホが視界に入ると、画面には必ずカレンダーが表示されているのだ。

何か大事な予定でもあるのかな。

そんなことを考えながらりこを見ると、窓際に立った彼女はカーテンをめくって外の様子を確認していた。

「さっき天気予報で言ってたんだけど、明日もこのまま雨みたい」

そう言って、俺のほうを笑顔で振り返る

「じゃあ明日の体育は、男女とも体育館集合かな」

「それならうれしいな」

「うれしい？」

「うん。だって、男女合同になるのって雨の時ぐらいだから。久しぶりに体育の授業を受ける湊人くんが見られるんだもん」

「ええっ……⁉」

りこがとんでもないこと口にするから、俺は素《す》っ頓狂《とんきょう》な声を上げてしまった。

「俺なんてスポーツで活躍するタイプでもないし、見る価値ないよ⁉」

「そんなことないよお。湊人くんのことは、何をしている時だっていつまでも見ていられるよ？」

「……⁉」

照れくさそうにりこが目を伏《ふ》せる。

俺はその発言をどう受け取ればいいんだ⁉

まごついて返事に詰まっていると、りこは少し眉《まゆ》を下げてから、さりげなく話題を変えてくれた。

「雨なのはいいけど、風が止《や》んじゃったのは困ったな……」

再び窓の外に視線を向けて、ため息交じりにりこが呟《つぶや》く。

「風が止むと何か問題があるの？」

「うん……」

しょんぼりしたりこは、カーテンを閉めて俺の傍《そば》へやってきた。

「あのね、もし湊人くんがよければなんだけど……。リビングにひとつ電化製品を増やしてもいいかな？」

遠慮《えんりょ》がちにりこが尋《たず》ねてくる。

「もちろん！　てか、俺に確認なんて取らなくていいよ。ここはりこの家でもあるんだから」

「……！　……うん。そうだね。湊人くんと私、二人の家なんだよね。ふふっ」

頰《ほお》をポッと赤らめたりこが、うれしそうに目を細める。

なぜりこが赤くなったのかわからないまま、その表情に見惚《みと》れる。

「湊人くん？」

「あっ、ごめん！　ぼーっとしてた！　あの、りこが増やしたい電化製品って？」

「えっとね、サーキュレーターが欲しくて」

「サーキュレーターって、あの扇風機《せんぷうき》みたいなやつ？」

「そう！　でも扇風機と違って、まっすぐ風を発生させてくれるから、部屋の空気を循環《じゅんかん》しやすいの。風があるときは窓を開けるだけでも部屋の湿度を下げられるけれど、今みたいに風が止んじゃうと難しくって……。そんなときにサーキュレーターがあるといいなあって前から思ってたんだ」

その話を聞いて、俺は「あっ」と声を上げた。

今年の梅雨は、いつもより過ごしやすいと感じていたこと。

今日、玄関に入ったときに覚えた感覚の正体――。

「もしかして、りこ……リビング以外でも湿気《しっけ》対策してくれてる？　たとえば玄関とか……。その、今日帰ってきたときに思ったんだ。この家の中は空気が軽く感じるって言うか、心地良いなって……」

俺が問いかけると、りこはこくりと頷《うなず》いた。

「ふふ、実はね」

楽しそうに手招《てまね》きするりこを追って、再び玄関に向かう。

「ここに秘密グッズを隠しているのです」

ちょっと得意げな顔をして、下駄箱《げたばこ》の陰からりこがプラスティックケースを引っ張り出す。

その中には丸めた新聞紙と、竹炭《ちくたん》が入っていた。

「新聞紙や竹炭には湿気を吸収してくれる効果があるんだ。だから、このセットを家の中でも湿気がたまりやすい場所に設置してみたの。ここ以外だと、シンクの下とか、クローゼットの中とか……」

「……！　まったく気づかなかった……！」

たしかによくよく思い返せばリビングや玄関だけじゃない。

キッチンや脱衣所にいるときも、例年の梅雨時のようなジメジメとした不快感を覚えなかった。

それに眠るときの寝苦しさとも今年は無縁《むえん》だ。

「このセットがあるから、布団も湿気で重くならないの？」

「あ、お布団の下には除湿《じょしつ》マットっていうのを敷《し》いているの」

どうやら俺の知らない間に、りこは色んな方法で俺が過ごしやすい環境を整えてくれていたようだ。

「りこ、ごめん。気づくのが遅くなって。それと、ありがとう。今年の梅雨は全然違うわけだ」

「ほんと？　よかったぁ。梅雨の間、少しでも湊人くんが気分よく過ごせるといいなって思ったの」

「……っ」

りこの健気《けなげ》すぎる気遣いに、俺が感動したのは言うまでもない。

「梅雨って苦手だったけど、りこのおかげで好きになれそうだよ」

本気でそう思ったのに、言葉にしたらやたらと大げさに響《ひび》いて恥《は》ずかしくなる。

でも、りこが花のような笑顔を見せてくれたから後悔はしていない。

「あ、てかリビングの梅雨対策のためにサーキュレーターが必要なら、俺が買うよ」

扇風機と同じぐらいの金額なら、高いものを選んだとしても二万ぐらいだろう。

それなら俺のバイト代でもなんとかなる。

ところがりこは承諾《しょうだく》してくれなかった。

「お金のことは心配しないで。私が買うから、ね？」

「いや、でもそういうわけには……」

「こういう時のためにちゃんと用意してあるの」

りこは少し胸を張ると、心臓《しんぞう》の辺りをトンと叩《たた》いてみせた。

うっ、かわいいな……！

ってそうじゃなくて……。

「用意って？」

「ちょっと待っててね！」

廊下をパタパタと走っていくりこを見守っていると、彼女は自室の中に消えていった。

待つこと一、二分。

俺のところへ戻ってきたりこの手には、なぜか通帳が握られている。

「お待たせ！　湊人くん、これ見て」

「……？」

戸惑《とまど》いつつ差し出された通帳を受け取る。

「え、これりこの通帳？　俺が見ていいの？」

通帳の中身ってかなりプライベートな情報だ。

たとえ夫婦《ふうふ》でも見せたがらない人がいると聞いたことがあるが、そんなものを覗いてしまって本当に大丈夫なのだろうか。

ところが、俺の心配に反して、りこは何も気にしていないというような態度でこくこくと頷いている。

どういうことなのだろう？

首を傾げつつ、りこに促《うなが》されてページをめくった俺は、印刷された数字を見た瞬間、突拍子《とっぴょうし》もない声を上げてしまった
「なっ、なにこの大金……!?」

そこには俺が見たこともないような桁《けた》の金額が並んでいたのだ。

六話

幸せにするための貯金通帳

「一、十、百、千、万、十万、百万、いっせ……っっっ!?」

ゴシゴシと目を擦《こす》って数え直しても、結果は変わらない。

「高校を出て、大学を卒業するまでにはもっとたくさん貯《た》まると思うの」

「貯まるって……これ、りこが貯めたお金なの!?　高校生のお小遣《こづか》いって額じゃないよッ!?」

「うん、これは親に軍資金を借りて、それを株《かぶ》で増やしたものなの」

「りこ、株にも詳しいの!?」

次々に驚《おどろ》くべき事実をりこが口にするせいで、頭がクラクラしてきた。

「私の年齢でそれなりの貯金を増やすには、株が向いてるかなって。それで勉強したんだ」

「……！」

「幸せにするにはもっとたくさんの貯金があったほうがいいと思うから、私これからも頑張《がんば》るね」

幸せにするには？

幸せになるにはの間違いじゃないのかな。

それにしてもこの貯金額……。

株について勉強したからって、誰でも貯められる金額とは到底《とうてい》思えなかった。

まさかこんな才能まで持っていたなんて……。

本当にりこは計り知れない。

「それにしてもすごすぎるよ……」

このご時世、ちゃんと働いている大人だって、こんな額の貯金なんてなかなか持っていないんじゃないだろうか。

俺も一応バイト代を細々と貯めてはいるけれど、桁が二つも違う。

俺が感心しきっていると、りこは控《ひか》えめに微笑《ほほえ》んだ。

「湊人《みなと》くん、欲しいものがあったら遠慮《えんりょ》なく言ってね？　なんでもプレゼントするから！」

りこの言葉にぎょっとなる。

「たとえば車とか、別荘とか！　車は校則でまだ禁止されているけれど、所持してるだけなら問題ないよね！」

「別荘⁉　車⁉」

って、驚いてる場合じゃない……‼

「りこにそんなことさせられないよ‼」

俺が慌《あわ》ててかぶりを振ると、りこはきょとんとした顔で口元に指先を当てた。

こんな時でも安定のかわいさだ……。

「そんなことって？」

「つ、つまり、そんな貢《みつ》がせるようなこと……！」

「え？　でも、そのための貯金だよ？」

そのためって……。

他人に貢ぐためにお金を貯めていたのか⁉

俺は思わず頭を抱えたくなった。

りこのこの突き抜けた『尽《つ》くしたい願望』は、本当に困ったものだ……。

「そうだ！　一生遊んで暮らしたいっていうお願いも大歓迎です！」

りこおおおおおおおお……‼

「あのね、りこ……！　りこのお金は、りこ自身のために使わなきゃだめだよ⁉　それに、誕生日でもないのに『欲しいものをなんでもプレゼントする』なんて言われて、自分の要望を平然と伝えるような奴は、絶対まともな人間じゃないから！　そんな奴にりこが尽くそうとしたら、俺は全力で止めるよ……！」

「じゃあ湊人くんになら尽くしてもいいよね？」

「へ？」

「だってほら、さっき私が『なんでもプレゼントする』って言ったら、湊人くんは『そんなことさせられない』って。となると、断った湊人くんはまともな人だってことでしょう？　だから、私が湊人くんに尽くすことを、湊人くんは反対しないよね！」

「え、えーと、そうだけどそうじゃなくて……」

なんだか禅問答《ぜんもんどう》みたいになってきた。

「と、とにかく！　俺はりこを財布《さいふ》やＡＴＭ代わりになんて絶対できないから、そういうことで‼」

好きな子をそんなふうに利用できるわけがない。

りこがどれだけお金を持っていようが関係なかった。

「そっか……」

りこは他人に尽くすチャンスを失ったからか、露骨《ろこつ》にがっかりして、しょんぼりと俯《うつむ》いてしまった。

「大事にするって難しいな……」

独り言のような声量でりこが呟《つぶや》く。

どういう意味だろう。

「りこ？」

「あっ、ごめんね！　なんでもない……！　えっと、サーキュレーターを私が買うのは許してくれる……？」

「うーん……」

「お願い……」

「うっ……」

潤《うる》んだ目で見つめてくるなんて、ずるいよりこ。

りこに甘えていいのか迷ったけれど、落ち込ませてしまったばかりだし、これ以上だめだとは言いづらい。

「……じゃあサーキュレーターだけお願いします」

散々《さんざん》悩んでからそう伝えると、りこの表情がぱあっと明るくなった。

「よかったあ」

りこの笑顔は大好きなのに、今は複雑な心境だ。

尽くせることをこんな手放しに喜んでしまうなんて。

この先りこがろくでなしに引っかかったらと思うと不安でしょうがない。

なんとしても目を光らせておかなければ……。

たとえ俺を好きになってくれることがなかったとしても、不幸な恋だけはしてほしくないから。

りこが許してくれる限り、りこの傍《そば》に居続けて、彼女を守っていきたい。

「それじゃあ今週末、さっそく電器屋さんに行ってくるね！」

「あ、今週の土曜日ならバイトが休みだから、俺もついていっていいかな？」

さすがに荷物持ちぐらいはさせてほしい。

そう思って尋《たず》ねると、りこは目を見開いたまま固まってしまった。

「えっ。……え⁉　いいの……⁉」

何をそんなに驚いているんだ？

「……？　りこさえよければ」

「うれしいっ……！　じゃあ土曜日……！　約束ね！」

少しはしゃいだりこが小指を差し出してくる。

一拍遅れて、何を求められているのか気づいた。

指切りだ。

「あっ、ああ、えっと、は、はい！」

慌ててシャツの裾《すそ》で手を拭《ぬぐ》ってから、おずおずと小指を差し出す。

そこにりこの細い指が絡《から》んでくる。

「……っ」

触れているのは指先だけなのに、口から心臓《しんぞう》が出そうなくらいドキドキした。

や、やばい。

これ以上触れ合っていたら、俺の挙動不審《きょどうふしん》さにりこが気づいてしまうかもしれない……！

俺がぎこちなく指を解《ほど》くと、りこはニコニコしたままスマホを取り出した。

ここ最近、毎日眺《なが》めていたカレンダーアプリを呼び出すのがちらっと見える。

これ以上覗いているのも悪いと思って、俺はそこで視線を逸《そ》らした。

だから、土曜日の予定のところに、りこがハートマークのスタンプを押したのには気づかなかった。

七話

高校生カップルの正しい過ごし方（休日編）①

約束の土曜日。

りこの用意してくれた朝食を済ませた俺《おれ》たちは、電器屋へ向かうために午前中のうちに家を出た。

空はどんよりした雲で覆《おお》われ、気持ちの良い天気とはいえない。

残念ながら午後からはまた雨になるらしい。

まあ、朝から雨よりはマシか。

降り出す前に帰ってこれるといいね。

そう言いかけたとき、裾《すそ》を軽く引っ張られるような感覚がした。

「ん？」

視線を下げると、長袖《ながそで》Tシャツの裾をりこが指先で摘《つ》まんでいるではないか。

「……！」

その仕草がドストライクだったうえ、りこに似合いまくっていて、クラッとなる。

「り、りこっ、どうしたの……⁉」

上ずった声で尋《たず》ねると、りこはモジモジしながら言った。

「あのね？　……手」

「手？」

「手、繋《つな》ぎたいな……」

「……っ」

なっ、なななんで⁉

俺がめちゃくちゃ慌《あわ》てたら、それが伝染したのか、りこまで落ち着きを失ってしまった。

「あ、ああ、あのね⁉　えっとえっと……あっ、そ、そう！　商店街のときみたいに、どこかで知り合いに遭遇《そうぐう》したりするかもしれないでしょう？　そういうときに他人行儀《たにんぎょうぎ》な距離で歩いていたら、『本当に付き合ってるのかな』って思われちゃうかも……！」

「なるほど……！　それはたしかに」

そういえば、りことプライベートで出かけるのは、あの商店街の買い出し以来のことだ。

「それにほら！　湊人《みなと》くんも恋人同士のアピールをしたほうがいいって……！」

「うん、そうだった」

「というわけで……！　休みの日でも、できるだけ恋人っぽく見えるように過ごした方がいいのではないでしょうか……！」

少し前のめりになったりこが、商品をプレゼンするかのような態度で両手を広げる。

俺はその勢いに押されて、二、三度首を縦に振った。

でも冷静に考えれば、りこの言うことはもっともだ。

普通にしていたら、俺とりこはまったく恋人同士になんて見えないんだから……。

それに澤《さわ》が言っていたじゃないか。

『だいたいさ、学校でも一緒にいないうえ、デートすらしてないのがバレたら、他の男たちがりこ姫《ひめ》を狙《ねら》い出す危険があるぞ。今までは男子全般相手にしてなかったから、みんな高嶺《たかね》の花《はな》として遠くから眺《なが》めてるだけだったけど、彼氏を作ったうえ、相手が平々凡々《へいへいぼんぼん》とした新山《にいやま》だからなぁ。下手《へた》したらりこ姫が入学した当時の告白ラッシュが再来しかねないって』

りこを誰かに取られるという恐ろしい想像が脳裏《のうり》を過《よぎ》り、慌てて頭《かぶり》を振る。

そんなの絶対に嫌《いや》だ。

学校の知り合いに目撃される可能性が少しでもあるときは、できる限り恋人だというアピールを外に向けてしなければ……！


【恋人同士だというアピールをするため】

まさか、この言葉が今後様々な局面で、免罪符《めんざいふ》的効果を発揮することになるなんて、もちろん現時点では予想もしていなかった。

「えっと、それじゃあ……」

俺がおずおずと手を差し出すと、頬《ほお》を桃色《ももいろ》に染めたりこが優しく俺の手を握り返してくれた。

放課後の帰り道、りこが腕《うで》を絡《から》めてくれたときも死ぬほどうれしかったけれど、手を繋ぐのはまた違った感覚がして、ドキドキが止まらない。

「ねえねえ、湊人くん」

「うん？」

「手の繋ぎ方、今のと……よいしょ、こっちと……どっちがいい？」

束《つか》の間《ま》離れた手を、りこは恋人繋ぎで握り直した。

指と指が絡まり、自分とりこの境界が曖昧《あいまい》になったような錯覚《さっかく》を覚える。

当然、俺の心音は爆発的に騒がしくなった。

「……っ、こ、これもいいけど、緊張する……」

「うん……私もすっごくドキドキしてる……」

「えっ、りこも？」

「だってこんなふうに恋人繋ぎをして歩くのなんて初めてだもん……」

恥《は》ずかしそうに目を伏せるりこがかわいすぎて、どうにかなってしまいそうだ。

そっか。りこは今まで誰ともこんなふうに歩いたことがないんだ。

俺が初めて……。

別に特別こだわってるわけではないはずなのに、初めての経験を共有できたことがうれしくてたまらない。

「緊張するけど、でも私、このままがいいな……」

「あのっ、俺も……その、同感……！」

「ほんと？　うれしい……」

俺は恥ずかしさのあまりりこをまったく見ることができないし、りこも照れくさいのか、俺と同じようにまっすぐ前を向いたまま。

りこの手は俺より少しひんやりしていて、ものすごく柔《やわ》らかくて、力を入れて握ったりしたら壊れてしまいそうな気がした。

だから、大事に大事に繋ぎ返す。

手を繋ぐのって不思議な感じだ……。

自分の掌《てのひら》の中に、宝物を包み込んでいるみたいで……。

幸せでくすぐったい気持ちになる。

俺たちは初々《ういうい》しすぎるぎこちなさを分かち合いながら、大船《おおふな》駅までの道を並んで歩いた。

改札を通るときに離れた手は、すぐにまたりこから繋ぎ直してくれた。

もし、りことデートするならこんな感じなのかな。

そんなことをうっかり考えてしまったせいで、無性《むしょう》にソワソワしてきた。

一章
夫と妻で
彼氏と彼女⁉

八話

高校生カップルの正しい過ごし方（休日編）②

大船《おおふな》駅から電車に乗って一駅。

藤沢《ふじさわ》駅に降り立った俺《おれ》とりこは、駅北にある家電量販店ムックカメラへとやってきた。

手は恋人繋《つな》ぎのまま──、俺たちは目が合うたび、照れくさいねと笑い合った。

「ええっと、どうやって見て回ろうか？」

エレベーターの隣《となり》にある案内板を眺《なが》めながら、りこに問いかける。

普段だったら、目的の売り場を調べて直で向かうから、俺の買い物は長くても十五分ほどで終わる。

だけど、今日はりこが一緒だ。

できることなら、りこと過ごすこの時間を少しでも長引かせたい。

そんなふうに考えていた俺は、りこが「一番上の階からゆっくり見ていかない？」と提案してくれた時、思わずガッツポーズしそうになった。

「もちろん湊人《みなと》くんが嫌《いや》じゃなければだけど……！」

りこが慌《あわ》てて付け足す。

嫌なわけがない。

◇◇◇

そんなこんなで、俺たちはエレベーターで最上階まで向かい、各フロアをのんびりと見て回った。

「あ！　湊人くん、ここは家電のフロアみたい」

「ほんとだ。じゃあサーキュレーターもこの階に置いてあるかな」

「ね！　探してみよ！」

手を繋いでいるからか。

それとも休日で店内がにぎわっているからか。

話しかけるとき、りこは少し背伸《せの》びをして俺の耳元に唇《くちびる》を寄せてくる。

そこまで距離が近づけば自然と肩《かた》や腕《うで》、太ももが触れ合うもので、そのたび俺はわっと声を上げそうになった。

りこはどう思っているのだろう。

始終《しゅうし》にこにこしていて、楽しそうなのは伝わってくる。

とにかく退屈《たいくつ》していないならよかった。

「見て、湊人くん！　サーキュレーターあったよ！」

りこが指さした先を見ると、扇風機《せんぷうき》売り場の向かいにサーキュレーターがずらりと並んでいる。

想像していたよりも品数が多い。

ざっと見た感じ、値段も機能も千差万別で、この中からどれか一つを選ぶのはなかなか骨が折れそうだ。

ちょうどそのとき、タイミングよく店員が通りかかった。

「りこ、あの人に相談してみる？」

「うん、そうだね。――すみません、このお店で一番高いサーキュレーターはどれですか？」

「んっ⁉」

一番高い⁉

店員がほくほくした顔で近寄ってくる。

安めのものと比べて桁《けた》が違うサーキュレーターを案内した店員は、その商品についている様々な機能を諳《そら》んじてみせた。

りこは真剣な顔で、ふんふんと頷《うなず》いている。

「いかがでしょう？　業務用としても問題なくご使用いただけますよ」

いやいや。家で使うだけだから、業務用である必要はまったくないって。

「……りこ。もっと安いのでいいんじゃないかな……？」

できるだけりこにお金を使わせたくなくて、ひそひそ声で話しかける。

「でも湊人くんの生活を支えるものだよ？　それなら私は一番いいものを買いたいな……」

困ったことにりこはこの商品を買うことに対して、かなり乗り気なようだ。

「うーん、だけど……」

高い商品を買わせたいであろう店員は、状況をさっと読み取り、りこの側に回った。

「まあまあ彼氏さん。大は小を兼ねるといいますし！」

「……！　み、湊人くん……！　今、彼氏って……！」

一瞬《いっしゅん》で顔を赤くさせたりこが、繋いでいる俺の手を軽く揺《ゆ》さぶる。

その目が「聞いた？　聞いた？」と言っている。

なんだこれ。めちゃくちゃかわいい。

見ず知らずの人にりこの彼氏扱《あつか》いしてもらったことも初めてだし、店員の言葉に反応して
いるりこもかわいすぎるし、いろんな意味でやばい。

……俺、ちゃんとりこの彼氏に見えるんだ。

信じられない気持ちと、うれしい気持ちが同時に押し寄せてくる。

「それでいかがでしょうか？」

揉《も》み手をして尋《たず》ねてきた店員に向かい、りこは食い気味に「買いますっ！」と答えた。

なぜだかりこが舞い上がっているように見える。
俺の気のせいだろうか？

九話

高校生カップルの正しい過ごし方（休日編）③

結局りこの希望どおりの品を購入することになったのだけれど、レジを済ませたあと、また新たな問題が浮上した。

「りこ、本当にこれは俺《おれ》が持つから」

「だめだよお。湊人《みなと》くんを荷物持ち係になんてできないもん」

そう。いつぞや商店街で買い物をした時と同様、俺たちはまたしても、どちらが荷物を持つかで揉《も》めたのだった。

りこの選んだサーキュレーターは、様々な機能の備わっているしっかりした品だったからか、そこそこ重量感がある。

男の俺なら問題なくても、女の子のりこが片手で持ち続けるのは負担が大きすぎる。

「うーん、じゃあせめて商店街の時みたく二人で持つのは？」

「……それだと湊人くんと手を繋《つな》げなくなっちゃう……」

くっ、た、たしかに。

もちろん、りこと繋いだ手を離すのは嫌《いや》だけれど、りこに重い荷物を持たせるのだってありえない。

「……わかった。二人で持つことにして手を繋ぐのをやめるか、手は繋いだまま俺にサーキュレーターを持たせてくれるか、りこが選んで」

「……！　その二択ずるいです……」

りこはうーっと唸《うな》って、その場にしゃがみ込んでしまった。

その間も繋いだ手はそのまま。

俺としてはまさかそこまで悩むなんて思ってなかったから、かなり驚《おどろ》いた。

「大船《おおふな》駅までは湊人くんに持ってもらって、そこから私に代わるのは？」

上目遣《うわめづか》いで尋《たず》ねられ、思わずグラッと揺《ゆ》れるが、りこのためにもここは心を鬼《おに》にして……。

「だめだよ。二人で持つか、俺が持つかのどっちかだよ」

「ううーっ」

「ねえ、りこ。本当に俺は平気だから、今回は頼ってよ」

「でもでも、それ重いでしょう⁉」

俺は苦笑して首を横に振った。

「全然重くないから安心して。俺も一応男だし」

「重くないの？　本当に？」

「うん」

「……どうしよう。かっこよすぎるよ……」

「えっ⁉」

「あ！　思わず本音が……！」

りこが慌《あわ》てて口元を押さえる。

「でもすごいね湊人くん。そんなに重いものを軽々持てちゃうなんて」

感心しきった感じで言うから、照れくさくて仕方ない。

「こういう時、やっぱり湊人くんは男の子なんだーってなって、ドキドキしちゃうの。えへへ」

ああっ。もう。かわいすぎて困る。

男女の力の差によってりこに意識してもらえるのなら、今日から筋トレでもしようか。

◇◇◇

ゆっくり買い物をしたため、家電量販店を出ると、ちょうど昼時になっていた。

「りこ、昼飯どこかで食べてく？」

深く考えずにそう尋ねたら、りこは勢いよく頷《うなず》いた。

おなかが減ってるのかな？

なんだかかわいいなと思って自然と笑みが零《こぼ》れる。

りこと一緒にいると、ドキドキすることも多いけれど、こんなふうに穏やかで優しい気持ちになれたりもするし、何より一人でいるときとは比べ物にならないくらい笑う回数が増える。

最近の俺は、昔に比べて確実に明るくなっている。

天使みたいなりこの存在が、そんなふうに俺を変えてくれたのだ。

「どこの店に入ろうか？　りこ、何食べたい？」

「湊人くんはいつもどんなお店に行くの？」

「うーん、俺は食にこだわりがないほうだから。安くて一人でも入り易《やす》い店ばっかりだよ」

「私もそこに行ってみたいな」

「だけど、ラーメン屋とか牛丼《ぎゅうどん》屋とかだよ？」

「うん。湊人くんが好きなお店がいいの」

りこはそう言ってくれたが、さすがに牛丼屋に連れていくわけにもいかない。

俺は悩みに悩んで、よく訪れる店の中でも比較的おしゃれなハンバーガー屋を選んだ。

一章
夫と妻で
彼氏と彼女⁉

十話

高校生カップルの正しい過ごし方（休日編）④

昼時ということもあり、ハンバーガー屋はかなり混《こ》んでいる。

りこはどうしたらいいのかわからないらしく、眉《まゆ》を八の字にして俺《おれ》に視線を向けてきた。

頼ってくれているのが、眼差《まなざ》しから伝わってくる。

誰かからこんなふうに信頼されることなんて初めてだから素直《すなお》にうれしい。

しかも、その相手が好きな子なんて……。

りこが寄せてくれている信頼の気持ちを裏切りたくはない。

女の子とファストフード店に入るのなんて初めてのことで、緊張のあまり背中《せなか》に汗をかいているが、そのぐらいで怯《ひる》むわけにはいかなかった。

りこに心細い想いをさせないためにも、この店に慣れている俺がしっかりしなくちゃだめだ。

……よし。まずは席を確保しよう。

ぐるっと店内を見回すと、運良く窓際に面した二人掛けの席が空いている。

ちょっと待っていてくれるようりこに告げ、財布《さいふ》を取り出したバッグをテーブルの上に置きに行った。

「ごめん、りこ。お待たせ」

そう言ってりこのもとに戻ると、なぜかりこはぽーっとした顔で俺のことを見つめてきた。

「りこ？　どうしたの？」

「あっ！　う、うん。えっと……あのね？　湊人《みなと》くん王子様みたいで見惚《みと》れちゃった……」

「ごほっ……！　なっ⁉　王子様⁉」

動揺《どうよう》しすぎて思わず噎《む》せてしまう。

俺の何を見たら王子様なんて単語が出てくるのか。

俺が信じられないという表情を浮かべたせいか、りこは恥《は》ずかしそうに目をぎゅっと瞑《つむ》ってから言葉を付け足した。

「だってあんなふうに席を用意してくれるなんて、キュンとしちゃうよ……」

たしかにりこに恥をかかせたくなくて頑張《がんば》りはしたけど、まさかここまでの言葉をもらえるとは思ってもみなかった。

でも、浮かれて調子に乗ったりしたら台無しだよな……。

「あれくらいは普通じゃないかな」

できるだけ冷静なふりをしてそう言ってみる。

「そんなことないよぉ。私一人だったら絶対まごついちゃってたと思うし。ふふっ。今日は湊人くんのかっこいいところをたくさん見れてうれしいな。いつもかっこいいけど、今日は恋人同士として過ごせているからかな？　なんだかいつも以上にドキドキするの」

「……っ」

りこの言葉に思わず心拍数が早くなる。

このままでは動揺しまくってることがりこにバレてしまう。

そんな格好悪いところ、できれば見せたくない。

俺は不自然な咳払《せきばら》いをしてから、レジに並ぼうと提案した。

メニューを見ながら何を注文するかりこに尋《たず》ねると、俺と同じものがいいと言う。

そうこうしているうちに、俺たちの番が回ってきた。

普段頼むチーズバーガーのポテトセットを二人分機械的に頼むと、りこはまた先程と同じ焦《こ》がれるような視線を向けてきた。

「やっぱりかっこいい……」

「……っ」

平常心、平常心！

◇◇◇

席に着き、りこと向かい合わせで座る。

二人掛けのテーブルは小さく、少し身じろぎするだけで膝《ひざ》と膝が触れ合った。

「あっ、ご、ごめん」

「ううん、大丈夫……！」

ぎこちない言葉を交わし、はにかんだ視線を絡ませる。

いつも一緒に食事を摂《と》っているのに、いつもと全然違うから、どうしようもないくらいりこの存在を意識してしまう。

一旦、冷静になるんだ。

このままじゃ不自然すぎて、りこに俺の想いがバレてしまうぞ……。

頭の中ではそう考えているのに、りこから視線を逸《そ》らさない。

だってりこ、行動や表情のひとつひとつが逐一《ちくいち》かわいすぎるんだ。

ああ、ほら。今だってまた。

手を合わせ、「いただきます」と小声で言ったのに、なぜか両手で持ったハンバーガーを見つめたままパチパチと瞬《まばた》きを繰り返している。

ちょっと不思議なその仕草が愛らしくって、口元が綻《ほころ》ぶ。

「りこ、どうしたの?」

「えっと……ハンバーガーって食べるの難しいなって思って……」

「ああ、たしかに。注意して食べてもソースが口の周りに付いちゃったりするよね」

「もし口の周りにソースが付いちゃったらどうしよう……。それを湊人くんに見られるのは恥ずかしすぎるし。でも、ソースが付かないよう大きなお口で食べるのも恥ずかしくて……。うう。乙女心《おとめごころ》は複雑なのです……」

乙女心ってどういうことだろう？

「だけど、ほら、ちゃんと紙ナプキンがあるから気にしなくて大丈夫だよ。それに、口にソースを付けようが、大きな口でハンバーガーを食べようが、何をしたってりこならかわいいから。全然、気にしなくていいと思うよ」

乙女心のわからない俺にフォローされても響《ひび》かないかもしれないが、少しでもりこの気持ちを楽にしてあげたくて思ったことをそのまま伝えてみた。

その直後、りこの顔がボッと真っ赤《まか》になった。

「湊人くん、今、かわいいって……」

「はっ……！」

し、しまった……！

つい勢い余って……！

「だ、大丈夫……。私、わかってるから……。今のはきっと、動物や赤ちゃんに対するかわいいだから……喜んじゃだめっ……」

動揺《どうよう》して固まっている俺の向かいで、りこが自分自身に何かを言い聞かせている。

「り、りこ？」

躊躇《ためら》いがちに声を掛けると、りこは赤面したまま悔《くや》しそうな顔になり、「今の言葉、録音しておきたかったよぉ……」と呟《つぶや》いた。

えっ。なんで……？

「りこはかわいいなんて言葉、言われ慣れてるんじゃないの？」

だって、りこが学校一の美少女だということは、誰もが認めるところだ。

けれど、りこは俺の言葉に対して、不満げに眉を下げ、ふるふると首を横に振った。

「湊人くんには言われたことないよ」

「いや、俺じゃなくて、他の奴に」

「他の人じゃ意味ないもん……」

「……？」

意味がないとは？

話の流れを理解できていない俺に向かって、りこがぷうっと口を膨《ふく》らませる。

なぜ他の人じゃだめなのかはわからなかったが、かわいいと伝えたほうがいいのはなんとなく察《さっ》せられた。

もし、今後俺がりこをかわいいと思うたび、照れずにしっかり言葉にしたら……。

こんな俺でもりこを喜ばすことができるのだろうか？

一章
夫と妻で
彼氏と彼女⁉

十一話

高校生カップルの正しい過ごし方（休日編）⑤

帰宅後。

さっそくサーキュレーターを箱から取り出した俺《おれ》たちは、二人で相談して置き場所を決めた。

「よし。これで問題なく動くはず。スイッチ入れてみるよ」

「ふふ！　ワクワクするね！」

電源ボタンを押すと、風が吹き出した。

勢いのわりに音はほとんどしない。

説明書を見てみると様々な機能の中に、静音というものも付いているらしい。

「わぁ！　動いたぁ」

りこが子供のようにはしゃいでパチパチと手を叩《たた》く。

はぁー、もう……。

かわいいが渋滞《じゅうたい》を起こしてるよ……。

こういう些細《ささい》なことでも心から喜べるところ、すごくいいなって思う。

それにりこの無邪気《むじゃき》な笑顔を見ていると、こっちまで幸せな気持ちになれるのだ。

「湊人《みなと》くん？」

「あ、ごめん！　なんでもない！」

無意識にりこのことを見つめてしまっていたらしい。

俺は慌《あわ》ててサーキュレーターのほうへ視線を動かした。

リビングの中を風が巡《めぐ》っていく。

部屋干《ぼ》しの洗濯物が優しく揺《ゆ》れ、柔軟剤《じゅうなんざい》の匂《にお》いがふわっと香る。

この空気には梅雨時《つゆどき》特有の嫌《いや》な感じがない。

サーキュレーターには空気清浄機の機能も付いているから、その効果もあるのだろう。

「りこ、サーキュレーターのこと本当にありがとう」

何度もお礼を伝えてきたけれど、まだまだ言い足りない。

「私のほうこそありがとうだよぉ。一緒にお出掛けしてくれて本当にうれしかったの」

りこはえへへと笑ってから、少し照れくさそうに付け加えた。

「商店街のときは湊人くんに触れることができなかったから、今日は初めて恋人っぽいデートができたね」

りこがうれしそうに目を細める。

「えっ。デート……？」

ま、待って……。

今日のあれってデートだったのか……？

だとしたら……りこと俺の初デートだったたってこと……⁉

半《なか》ばパニックになりながらりこを見る。

俺の様子がおかしいことに気づいたのか、りこの笑顔がぎこちなく消えていく。

俺はますます慌てた。

もし、今日のあれを初デートと考えるとしたら、その行き先が電器屋、昼飯はいつも行ってるハンバーガー屋って……。

どう考えても初デートの目的地には相応《ふさわ》しくない。

恋愛経験のない俺にだってそのくらいはわかった。

以前ＳＮＳで、デートで彼女を牛丼《ぎゅうどん》屋に連れていった男性が糾弾《きゅうだん》されているのを見たことがあるが、俺もまったく同じことをやらかしてしまったわけだ。

血の気が引いていく。

せっかく俺と出掛けることをりこがデートだと思ってくれていたのに。

俺が台無しにしてしまったのだ。

と、とにかくりこに謝まらないと……。

「ごめん、りこ……。俺、今日のこと単なる買い物だと思ってて……。だけど、もしあれがそのデ、デートだったとしたら、本当にごめん……！」

膝《ひざ》に手を当て、頭を下げる。

黙《だま》って俺の言葉を聞いていたりこが、微《かす》かに息を呑《の》む気配がした。

「……なんで謝るの……？」

「だって、飯だってもっとちゃんとした場所に連れていくべきだったのに。失敗した。普段行き慣れているハンバーガー屋で済ませるなんて、ありえなかったよ」

「どうして……？　私、あのお店に行けてすごくうれしかったよ？」

「だけど、初デートで家電量販店やハンバーガー屋に連れていかれたら、女の子はがっかりするものなんだよね？　普通のデートはそんなところに行かないだろうし」

「そんなことないよ。それに、家電量販店に行きたがったのは私だよ」

「そうだとしても……」

俺がもっとちゃんとしていたら、サーキュレーターを買った後、いくらでもデートらしい場所に連れていくことができたはずだ。

「湊人くん」

りこから呼びかけられても、俺は自分がやらかしてしまったことへの後悔が止まらず、顔を上げれなかった。

そのとき、握りしめていた俺の手に、りこがそっと触れてきた。

驚《おどろ》いて、ぎゅっと瞑《つむ》っていた目を開く。

「湊人くん、聞いてくれる？」

「う、うん」

「私ね、今日一日、とっても楽しかったの。手を繋《つな》いで一緒にお店を見て回ったり。ハンバーガーをおいしいねって言いながら食べたり。どれも私にとってはすごく特別な時間だったよ。……失敗したって湊人くんが思っているのは、今日つまらなかったから……？」

「まさか‼」

心配そうに問いかけられ、被《かぶ》せ気味に否定する。

つまらなかったなんてことは断じてない。

「俺だってめちゃくちゃ楽しかったよ‼」

「ほんと？」

「うん‼」

「ふふっ、よかったぁ。それなら何も問題ないんじゃないかな。湊人くんも私も楽しかったなら、それが一番大事だって思うから」

りこが俺の手を握ったまま、微笑《ほほえ》みかけてくれる。

その瞳《ひとみ》の中に、少しだけ陰《かげ》りがあるのに気づいた。

「……でも、湊人くんは今日のことデートだと思ってなかったんだよね。私ったら、勘違《かんちが》いしちゃって恥《は》ずかしい……」

「あ、あの、りこが今日の買い物をデートだと言ってくれるなら、俺もそう思うようにするよ……？」

「もう湊人くんってば。お出かけしている間にデートだと思ってくれることに意味があるのです！」

ちょっと頰《ほお》を膨《ふく》らませて怒るりこがかわいすぎて、一瞬《いっしゅん》何もかもを忘れて見惚《みと》れてしまった。

いけない。今はそんな場合じゃないのに。

……って、待てよ。

りこが言うとおり、二人ともがデートだと認識していなかったという理由で、今回の買い物を初デートだと捉《とら》えないのであれば……。

ここから挽回《ばんかい》するチャンスが残っているのではないだろうか。

俺はゴクリと喉《のど》を鳴らした。

もう一度、ちゃんとした初デートをさせてほしい。

そう提案してみようか。

もちろん、りこが承諾《しょうだく》してくれるかはわからない。

しかも、女の子をデートに誘ったことなんてないせいで、変な汗まで滲《にじ》んできた。

でもここでひよっていたら、いつもの俺のままで何も変われない。
りこから好きになってもらえるよう、頑張《がんば》るって決めたんだろう。
だったら、勇気を出せ。
よし……！

一章
夫と妻で
彼氏と彼女⁉

十二話

高校生カップルの正しい過ごし方（休日編）⑥

「……あのさ、りこ！　りこさえよければ、初デートのリベンジをさせてもらえないかな⁉」

「えっ」

「りこは今日のことを楽しかったって言ってくれたけど、やっぱり俺《おれ》はもっとちゃんとしたところに連れていってあげたくて……。だ、だって初デートって、たった一度しか経験できないことだから」

次こそりこを楽しませるために全力で頑張《がんば》りたい。

そんな気持ちを込めて「お願いします！」と言ったら、りこは目を真ん丸にしたまま動かなくなってしまった。

驚《おどろ》かれるのも当然だ。

今までの俺からは想像もつかないような行動だし。

俺自身正直《しょうじき》恥《は》ずかしすぎて、この場から逃げ出したい気持ちでいっぱいだった。

でも、りこに好きになってもらうためには、こうやって勇気を出して真っ当な男になれるよう努力していくしかない。

「初デートのリベンジ……。それじゃあ今度は私一人の思い込みじゃなくて、本当の初デートができるの……?」

「う、うん」

なぜか夢を見ているかのような口調で問いかけてきたりこは、俺の返事を聞くと「わああっ」と呻《うめ》いて、握《にぎ》りっぱなしだった俺の手をぎゅむぎゅむしてきた。

謎《なぞ》の行動だが、とにかく底なしにかわいい。

「湊人《みなと》くん、初デートのリベンジ、是非《ぜひ》お願いします……!」

「……!　いいの?」

「もちろんだよ!」

ほっとしたのとうれしいのとで、膝《ひざ》が震《ふる》えてしまう。

「日付けはいつにしようか?　俺は来週末の日曜がバイトの休みだけど、りこの都合《つごう》はどうかな?」

「私も大丈夫!　スケジュールアプリに予定を入れておくね」

りこはニコニコしながらスマホを取り出すと、画面を優しくタップして日曜日の枠《わく》の中にハートのスタンプを追加した。

何気なくその画面を見てしまった俺は、今日の日付けのところにも同じハートのスタンプが押されているのに気づいた。

「そのハートって……」

「あ！　こ、これはその……」

りこが恥ずかしそうに指先をこすり合わせる。

「生まれて初めてのデートだから……浮かれちゃったの……」

「……⁉　りこもデートしたことなかったの？」

りこが不思議そうな顔で「あるわけないよぉ」と言う。

……うわぁ。そっか。そうだったのか……。

はっきり言ってめちゃくちゃうれしい。

でも初めてのデートだというのなら、なおさら家電量販店で済ませるわけにはいかない。

初デートのリベンジをお願いして本当によかった。

……俺とのデートの日にハートマークを付けてくれたのは、りこも少しは楽しみにしてくれてるってことかな？

もしそうだったなら……りこの気持ちを裏切らないよう、何がなんでも日曜日のデートを成功させなければならない。

俺が心の中で密かにそんな決意を固めていると、不意にりこが俺の指先をきゅっと握ってきた。

「実はね、最近ずっと湊人くんをデートに誘いたいって思ってたの」

「え⁉」

俺は目を見開いた。

「ど、どうして？」

「私たち、付き合ってることにしたでしょう？　だから、もう人目を気にしないで一緒にお出掛けできるなあって思って……」

「そ、それはまあたしかに……」

「今までずっと我慢《がまん》してたからうれしかったの」

りこの頬《ほお》が見る見る赤くなっていく。

「そ、それでね？　湊人くんが渡してくれたシフト表のおかげで、今週と来週の週末はお休みだって知っていたから、勇気を出して誘ってみようと思ったんだけど、私ったらいくじなしで……」

「……っ」

まさかりこがそんなことを考えていたなんて。

驚きすぎて言葉を失う。

よくよく話を聞くと、りこは俺のシフトを入力したカレンダーアプリを見ながら、何度も『今日こそ誘おう』と思ったのに、声を掛けられずにいたのだという。

りこがやたらカレンダーアプリを起動していたのはそういう理由からだったのか。

納得した直後、新たな疑問が浮かんできた。

「りこ、なんでそこまでデートしたいと思ってくれたの？」

りこは何かを悩んでいる様子で数秒間視線を彷徨《さまよ》わせたあと、微《かす》かに笑って言った。

「……デートに憧《あこが》れていたからだよ」

今までもりこは度々、結婚や恋愛に対する想いを口にしていたから、なるほどと納得する。

りこの笑い方が普段と違ってどことなく寂《さび》しげだったことが少しの違和感を残したが、まさか俺を好きだからデートしたいと思ったなんて考えは、微塵《みじん》も過《よぎ》らなかった。

とにかく大事なのは、どんな理由であれ、りこが俺とのデートを望んでくれていたという点だ。

その奇跡のような糸を手繰《たぐ》り寄せ、りこの好意ポイントをなんとか稼《かせ》ぎたい。

日曜日の初デートリベンジは、負けられない戦いになるだろう。

そんなふうにして日曜日のデートに気を取られていた俺は、その前にとあるイベントが存在していることにまったく気づいていなかった。

七月七日――、七夕《たなばた》。

離れ離れになってしまった想い人同士が再会する日。

数日後の七夕の日に、俺は、りこと俺も特別な再会を果たしていたのだと知ることになるのだった。

二章
七夕と
運命の恋

一話

私の全てを知って欲しいの

七月六日の夜。

近況報告も兼《か》ねてりこの両親とビデオチャットをしていると、話の流れから幼少期のりこのことが話題にのぼった。

『りこは五歳までアメリカに住んでいた帰国子女だったんだ。そのせいか、なかなか日本の幼稚園《ようちえん》に馴染《なじ》めなくてね。なぁ、母さん』

『そうそう。毎日、幼稚園の連絡帳に「今日もまた一人で遊んでいました」って書かれちゃって。一時は私たちもすごく心配したのよ。お友達ができたって言われた時にはどれだけホッとしたか』

りこの幼少期の話は、俺《おれ》も本人の口から少しだけ聞いたことがある。

それは、まだりこと籍《せき》を入れる前のこと。

俺は、当時りこと交わした会話を思い返した。

◇◇◇

「私はニューヨーク生まれで、五歳まで向こうに住んでいたの。家では日本語を使っていたけれど、やっぱりイントネーションや発音に外国語訛《なま》りみたいなのが出ちゃうみたい。日本に戻ってきて、幼稚園に転入した当日、『りこちゃんのしゃべりかた変！』ってからかわれちゃって……。もともと気が小さかったせいもあって、話すのが怖くなっちゃったんだ。それからは家族以外の前では一言もしゃべれなくなっちゃって……。そんなだから当然友達も一人もできなかったんだ」

「そっか……」

「あ、でもね！　……そのことがあったから、私は運命の人と出会えたんだよ」

「運命？」

「うん……。一人ぼっちでいたから、特別な男の子に巡り会えたの……。彼はとてもやさしい言葉で私を救ってくれたんだ……」

◇◇◇

小さな子供同士のやりとりとはいえ、確かにそれは心に傷を負うような出来事だと思ったことも覚えている。

『湊人《みなと》くんは知ってたのかい？』

「あ、はい。りこさんから以前に聞いていていて。ね、りこ」

りこと交わしたやりとりを思い出しながら、りこのほうを振り向くと、りこは眉《まゆ》を少しだけ下げ、微《かす》かに下唇《したくちびる》をかみしめていた。

りこの大きな瞳《ひとみ》はわずかに揺れていて、不安と期待の狭間《はざま》を彷徨《さまよ》っているかのように見える。

……え？　これってどういう反応なんだ……？

こんなりこ、今まで一度も見たことがない。

「りこ？」

一瞬《いっしゅん》遅れて俺の眼差《まなざ》しに気づいたりこが、ハッと息を呑《の》む。

「も、もう！　お父さんとお母さんったら、いきなり子供の頃の思い出話をはじめたりして。恥《は》ずかしいから、このお話は終わりだよお」

りこはよっぽど照れくさかったのか、お茶のおかわりを入れてくると言って、逃げ出すようにキッチンに向かってしまった。

ローテーブルの上に置いたタブレットの中では、りこの両親がにこにこしながら顔を見合わせている。

二人とも娘のりこのことがかわいくて仕方ないのだろう。

その気持ちはすごくよくわかる。

なにせ、俺の心を四六時中占めている想いも「りこがかわいい」というものだから。

『そうだ、湊人くん。幼稚園に通っていた頃のりこの写真を今度送ってあげよう』

「えっ！　本当ですか⁉」

お義父《とう》さんにそう提案された俺は、思わず勢いよく食いついてしまった。

だって子供の頃のりこの写真だぞ⁉

そんなの見たいに決まっている。

◇◇◇

りこの両親とのビデオチャットが終わったあとも、俺の頭の中は子供の頃のりこのことでいっぱいだった。

りこの両親が与えてくれた情報だけじゃ物足りなくて、もっとりこのことを知りたいと思ってしまう。

誰かに対してここまで関心を持ったのなんて初めてだ。

好きな人のことって、こんなふうに何もかも知りたくなるものなのか。

ああ、でも、さっき思い出話は終わりだって言われちゃったしな……。

肩《かた》を落としたその時、りこがかわいらしい声でクスクス笑った。

「湊人くん、何か聞きたいことあるんだよね？」

「えっ。どうしてわかったの？」

「ふふっ。湊人くんは思ってることが顔に出やすいから」

「……！　そうだったのか。自分では全然気づいてなかったよ。てか、それってかなり恥ずかしいな……」

「私は湊人くんのそういうところ好きだよ？」

「……っ」

またこの子はそんな簡単に好きとか言って……!!

「それで、聞きたいことってなあに？」

「あ、いやー、でもりこはもう昔の話をしたくなさそうだから」

りこは大きくてかわいらしいウサギのような目をパチパチと動かし、二度ほど瞬《まばた》きした。

「湊人くん、子供の頃の私のこと、知りたいって思ってくれたの？」

「う、うん」

「うれしいな。あのね？　私、湊人くんが望んでくれるのなら、私のことすべて知ってほしいって思ってるよ？」

熱っぽい瞳で見つめながら言われて、ドクンと鼓動《こどう》が跳ね上がる。

変な意味で言っているわけじゃないとわかっているのに、『私のことすべて知ってほしい』

なんて言われると、妙《みょう》な気持ちになってしまう。

俺は慌《あわ》てて頭を振り、必死に邪念《じゃねん》を追い払おうとした。

まあ、簡単にはいかないけど……。

「えっと、じゃあ聞いてもいいかな。質問っていうより、子供の頃のりこのことを、りこの口から色々教えてほしいなって思ってるんだけど」

りこはにこっと笑ってから、俺のほうに体を向けて座り直した。

俺もりこにつられて、座り方を変える。

普通に並んで座っていた時よりぐっと距離が近づき、膝《ひざ》と膝なんて今にも触れ合いそうだ。

それなのに、りこは身を引くどころか、少し前のめりな姿勢で話しはじめた。

私のことを知ってほしいという気持ちを態度で証明されているみたいな気がして、内心かなりうれしかった。

「それじゃあ、私を助けてくれた男の子のことをもう少し話してもいいかな？」

「もちろん！」

「実はね、その子が私の初恋なんだ」

「え……。……あ、そ、そうなんだ」

りこの初恋がその相手だったのは初耳だ。

たしかにりこはその少年のことを『運命の人』とまで言っていたし、その表現からりこがその少年を好きだったと気づかない俺が鈍《にぶ》すぎた。

初恋か……。

幼稚園の時の話だってわかっているのに、ちくりと胸が痛む。

でも、なんとか取り繕《つくろ》って言葉を返さないと不審に思われる。

「は、初恋が幼稚園の時って早いのかな！」

必死に当たり障りのないコメントをすると、なぜだかりこは俺のことをじっと見つめてきた。

な、なに……⁉

りこからこんなふうに無言で見つめられると、どうしたらいいのかわからなくなる。

半ばパニック状態で、俺は視線を忙《せわ》しなく左右に動かした。

そのせいで、りこががっかりしたように目を伏せたのに気づかなかった。

しかもその直後、俺の傍《かたわ》らに置いてあったスマホから、唐突《とうとつ》にメッセージの受信音が鳴り響いた。

ピコン、ピコンという間の抜けた音は休む間もなく続く。

なんだ？

これでは会話もままならないので、りこに「ごめん」と断ってメッセージアプリを開く。

そこには義父から何枚もの写真が送られてきていた。

あ、そうか。さっき言っていた子供の頃のりこの写真！

あれを送ってくれたようだ。

「りこ、実はさっき、りこが席を外してるときに――」

そこまで言いかけたところで、最新で届いた一枚の写真が視界に飛び込んできた。

「……え？」

信じられない光景を前に、目を見開く。

「だって、そんな……どうして……」

写真の中では、幼稚園の制服を着た女の子と男の子が夢中で遊んでいる。

砂場に座り込んでいる二人はとても楽しそうで、カメラを向けられていることにも気づいていない。

女の子のほうは面影《おもかげ》からりこだと予想がついた。

髪をツインテールにしているし、もちろんすごく幼いけれど、当時からすでに信じられないくらいかわいらしい美少女だった。

でも、今はりこの姿をじっくり眺《なが》めるほどの余裕がない。

問題はりこと一緒に遊んでいる少年のほうにある。

一目見ただけで、その男の子が誰なのかわかった。

いくら年月が経《た》っているとはいえ、見間違うはずはない。

なぜなら、その写真に写っている男の子は、この俺だったから――。

二話

りこ五歳、湊人五歳

一体どういうことなんだろう。

なんで子供の頃の俺《おれ》とりこが同じ写真に写っているんだ……？

俺たちは出身中学も違うし、高校生になるまで会ったことがないはずなのに。

信じられない気持ちで、再び写真の中のりこを見る。


――ワタシ、オトモダチイナイカラ……。

――なんで？　オレがともだちじゃん。

――エ……。みなとクン、オトモダチニナッテクレルノ？

――なってくれるじゃなくて、もうともだちなんだって！　だって、おすなでおしろ作ったもん。いっしょにあそんだら、ともだちになったってことだよ！


「……！」

……ちょっと待った。

今、一瞬《いっしゅん》何かを思い出しかけた……？　記憶の底のほうに眠っていた思い出が、微《かす》かに身じろぎしたような感覚がして、俺の気持ちは一層ざわついた。

「湊人《みなと》くん？　急に、黙《だま》り込んでどうしたの？」

「あ、うん、あのさ、俺とりこってもしかして――……」

首を傾《かし》げているりこに問い掛けようとしたところでハッとなる。

だって、さっきりこは何て言っていた？

幼稚園児《ようちえんじ》だった頃の唯一《ゆいいつ》の友だちで、初恋の相手……。

りこのその言葉と先ほど自分の脳裏《のうり》を蘇《よみがえ》ったやりとり。

もし、その二つが繋《つな》がるとしたら、とんでもない事態になるんじゃ……。

「……っ。りこ、ごめん！　考えたいことがあるから、今日はもう部屋に戻るね……！」

「え⁉」

「ほんとごめん！　おやすみ！」

「あ、はい、おやすみなさい？」

不思議そうな顔できょとんとしているりこをリビングに残し、慌《あわ》てて自室に駆け込む。

部屋の扉《とびら》を閉めた俺は、そこに寄りかかったまま重いため息をついた。

「……とにかく一旦頭を整理しよう」

すうはあと深呼吸を繰り返し、自分を落ち着かせる。

中二以前の過去のことは、もう長らく振り返っていない。

俺にとってそれは完全に黒歴史で、できることなら掘り起こしたくない記憶なのだ。

中二のとき、自分がどれだけ図々《ずうずう》しく人に接していたかを思い知った俺は、それ以降、他者に対する態度をガラリと変えた。

知らない人に話しかけることもなくなったし、少し会話を交わしただけで友達とみなしてしまう悪癖《あくへき》も改めた。

言葉を口にする前に、その一言で相手が不愉快《ふゆかい》にならないかを考えるようになったし、その結果、極端《きょくたん》に口数の少ないやつになった。

逆に言うと、変化する前の俺は、まったく人見知りをしない無神経なやつで、無邪気《むじゃき》な馬鹿《ばか》さで誰彼構わずベラベラと話しかけまくっていたのだ。

今と比較すると、ほとんど別人だって自分でも思う。

結局、暗すぎると言われるようになり、別の意味で人に好かれなくはなったけれど……。

以前に比べて存在感が薄い分、他人を不愉快《ふゆかい》にさせる頻度《ひんど》は減ったはずだ。

だから、昔のことを思い出すのは、俺にとってすごく気力がいるのだった。

でも、そんなことを言っている場合じゃない。

記憶を呼び覚ますため、義父《ぎふ》が送ってくれた写真を見ていく。

先ほどの砂場で撮影されたものだけじゃなく、その前に届いていた写真にも目を通す。

「はぁ……。子供の頃のりこもめちゃくちゃかわいいな……」

頬《ほお》がぷくぷくしていて、まるで小動物のようだ。

自然と顔の筋肉が緩《ゆる》んでしまう。

「って、そうじゃなくて‼」

うっかり別の方向に行きかけた意識を慌てて引き戻す。

「集中集中」

独り言を言いながら、最初に届いた写真を開いた時、俺は思わず「あっ」と声を上げた。

そこに写っているのは、顔をくしゃくしゃにして泣いているりこの姿だった。

着ている白いワンピースにケチャップが跳《は》ねてしまっているから、おそらくはそれが原因で泣いているのだろう。

でも肝心《かんじん》なのはそこではなかった。

りこの泣き顔。

それが引き金となって、眠っていた幼少期の記憶が雪崩《なだれ》のように押し寄せてきた――。

◇◇◇

「ねえ、おしろつくってるの?」

「……」

「オレもいっしょにやーろうっと」

「……!」

「そのシャベルかして」

「……」

「ありがと。オレが王さまで、こっちの塔《とう》をつくるから。えっと……ねえ、名前なんていうの?」

「……」

「名前ないの?」

「……」

「名前わかんないとお姫《ひめ》さまにしてあげられないよ。教えてよ」

「……リ、リコ……」

「え! なにそのしゃべりかた!」

「……ッ」

「かっけえええ! いいなあ! おれもそんなふうにしゃべりたい!」

「エ……?」

「はい、リコちゃん。俺のカップかしてあげる。これにおすな入れてひっくり返すんだよ」

「ウ、ウン。……ア、アノ……ワタシ、オシャベリノシカタ変ジャナイ……？」

「めちゃかっこいいよ」

「……アリガト……。……ワ、ワタシモ、アナタノオ名前知リタイ……」

「オレ、みなと！」

「みなとクン……？」

「うん！」

「エヘヘ、みなとクン……。アリガトウ……」

「なんでありがとう？」

「ウレシカッタカラ……」

「ふーん？　よくわかんないけど、うれしいならよかった！　ねえ、りこちゃん。なんでいつもひとりでいるの？」

「……ワタシノオシャベリ変ダカラ……オトモダチデキナカッタノ」

「ふーん。俺とはおともだちになってくれる？」

「……イイノ？」

「もちろん！　俺はりこちゃんのおしゃべり好きだから、おともだちになりたい」

「……ウレシイ」

「へへっ。じゃあ俺たち今からおともだちね！」

「ウン！　みなとクン、ダイスキ！」

「俺もりこちゃんだいすき！」

◇◇◇

「うわあああああっ⁉」

子供の頃の俺、なんか色々とんでもないことを言ってた‼

恥《は》ずかしさのあまり頭を抱えながら身悶《みもだ》える。

「ていうか、なんで今まで忘れていたんだ⁉」

りこは俺の通っていた幼稚園に転園してきた女の子で、毎日一人でぽつんと遊んでいたのだ。

当時の俺は、同じ幼稚園に通う子たちはすべて自分の友達だと錯覚《さっかく》していたから、りこに対しても無遠慮《むえんりょ》に話しかけ、許可を取ることもなく一緒に遊びはじめたのだった。

「あれ……。でも、そのあと俺たちはどうなったんだ……？」

役立たずな記憶はそこから曖昧《あいまい》になってしまい、いくら考えてみても真実に辿《たど》り着けなかった。

まあ、知りたい部分はなんとか思い出せたし、とりあえずはよしとしよう。

「……幼稚園の時、りこと俺は友達だったんだよな。ということは……」

うっすらと思い描いていた可能性の線が、しっかりと繋がっていく。

りこと俺は友達だった。

幼稚園の頃、りこには友達が俺一人しかいなかった。

そして、りこの初恋の相手は、幼稚園の時の友達だという。

そこから導き出される答えは——。

「……俺ってりこの初恋の相手ってことになるの、か……?」

ちょっと想像しただけで、心臓《しんぞう》の辺りが破裂《はれつ》しそうなくらい胸が高鳴った。

「いやいやいや、ええっ⁉ う、うそだろ……」

だって、そんな……。

全然現実味がないけど、もし本当にりこの初恋相手が俺なら、幸せすぎて死ねる。

昔の自分の性格は、俺にとってずっと黒歴史のようなものだったのに、りこはあの俺がよかったのだろうか？

となると、りこに好かれるためには、昔の俺のように振る舞ったほうがいいのか？

あの無神経極まりない俺に……？

うーん……。なんだか価値観が百八十度変わってしまいそうだ。

そもそも、りこは初恋相手の少年が俺だということに気づいているのかな……？

……でも、もしわかっていたら、本人に向かって初恋だったなんて言わないか？

普通、そんなふうに言ったら相手を意識させることになるし。

りこが気づいていなかった場合、初恋の相手が俺だと知ったらどんなふうに思うだろう。

初恋の相手がこんな男に成長していてがっかりするかな。

懐《なつ》かしさから、今より俺の存在を身近に感じてくれるようになったりしないかな。

二章
七夕と
運命の恋

三話

七夕

昨夜《さくや》は、りことの過去のことについてあれこれ考えていたせいで、ほとんど眠れなかった。

こないだのりことすったもんだあった夜もそうだし、最近こんな事態にちょこちょこ見舞われている。

恋を知らなかった頃の俺《おれ》からしたら、一晩中誰か一人を想って、眠れないなんて考えられない話だった。

しかも、眠れない夜が増えたからって、りこを好きでいるのをやめたいとは微塵《みじん》も思わないのだからすごい。

自分の中にこんなに情熱的な部分があったなんて、かなりの驚《おどろ》きだ。

……とはいえ、やっぱり眠いな。

十八歳という若さのおかげか、徹夜《てつや》明けでも日中の授業は何とか乗り切れた。

でも、家に帰ってきて、りこの作ってくれたおいしい晩御飯を食べた途端《とたん》、ものすごい眠気が襲ってきた。

「ふわぁーあ……」

りこが食後に淹《い》れ直してくれた麦茶《むぎちゃ》を飲みながら欠伸《あくび》をかみ殺していると、エプロン姿でお盆《ぼん》を抱えたりこが心配そうな表情を浮かべた。

「湊人《みなと》くん寝不足？　教室でも眠たそうにしてたよね」

「えっ？　昼間から気づいてたの？」

確かに一日中眠かったけれど、授業中に居眠りをしていたわけではない。

俺が驚いて聞き返すと、りこは嗜《たしな》めるような顔で、右手を腰《こし》に当てた。

「もうっ、湊人くんってば。言葉にしなくても、奥さんは旦那《だんな》さんの些細《ささい》な変化に気づくものなんですよお」

「そ、そうなんだ……」

奥さんや旦那さんという言葉も、些細な変化に気づいてくれることもすべてが恥《は》ずかしくてモゴモゴしてしまう。

「それはさておき、どうして寝不足になっちゃったの？　もしかして湊人くん、何か悩みごとがあるの？　私でよかったらなんでも相談してね……！　それとも睡眠障害かな……。どうしよう……！　病院行く？　えっとえっと……」

心配性なりこは、しゃべっているうちにどんどん不安になってしまったらしい。

取り乱しながら、救急車などと言い出したので急いで止めに入る。

「りこ、心配しないで……！　昨日眠れなかっただけで、普段はまったく問題ないから！」

「ほんとに……？」

「うんうん！」

「それならいいんだけど……もし眠れない日が続くようだったら相談してね？」

「わかった。約束するよ」

りこの目を見てしっかり頷《うなず》き返す。

それで、ようやく安心してくれたらしく、いつもの笑顔を見せてくれた。

ところがその直後、りこの表情がわずかに曇《くも》った。

「あ……、でも……そっか」

「え？」

「ううん、なんでもない！　今日はお風呂《ふろ》に入ったら、早めに寝ないとだね！」

なんでもないわけがない。

りこは今確実に、本音を飲み込んで何かを我慢《がまん》した。

りこが昼間の俺の状態を見抜いていたように、俺もりこの気持ちの変化には敏感《びんかん》だ。

だって、さっきりこが言ってくれたとおり、こんなでも一応、りこの……だ、旦那だしな……！

「りこ、今何考えてたの？」

「え⁉」

「多分なんだけど……俺が寝不足だからって理由で何かを遠慮《えんりょ》した、よね？」

「どうしてわかったの……？」

「それはー……さっきりこが言ってくれたのと同じ理由で……ごにょごにょ」

「……!! ま、待って……!! 急にドキドキさせるのずるいよぉっ……」

二人とも真《ま》っ赤《か》な顔になって黙《だま》り込む。

って、そうじゃなくて！

「何を遠慮したの？」

「うん」

「……今日って七月七日でしょ？」

「何の日か知ってる……？」

「七夕《たなばた》？」

「そう……！ 彦星《ひこぼし》と織姫《おりひめ》が一年に一度再会できるロマンチックな日だし、特別なイベントだから、私も湊人くんと星が見たいなってちょっと思っちゃって……。あっ、でも、本当にちょっと思っただけだから！ 全然気にしないで……！ というわけで、このお話は終わりです！ さ、湊人くん、お風呂に入ってきてください」

「いやいやいや、まだ終われないよ！」

りこは気を遣って『ちょっと思っただけ』なんて言い方をしたけど、全然そうじゃないだろうことは鈍《にぶ》い俺でも気づけた。

そもそも女の子が七夕という行事を特別に思っていることすら知らなかったのも、俺の落ち度だ。

何よりも、りこが俺と星を見たいと思ってくれていることが重要だ。

なんとしてもりこの望むとおりにしてあげたい。

眠気なんて一瞬《いっしゅん》で飛んでいった。

「よし、りこ！　星を見に行こう。時間が時間だから、山に行くのはさすがに難しいよね。近場で見晴らしのいい場所ってあるかな。ちょっと待って。ネットで調べてみるから」

「わあああ、湊人くん！　だめだよ！　湊人くんは寝不足なんだから、早く寝なくちゃ。私が言ったことなんて忘れて」

「りここそ、俺が言ったことは忘れて。俺、まったく眠くないから！」

「もう、湊人くん……！」

かわいくむくれるりこと数秒間見つめ合う。

こうなると、二人ともお互いのためを想うからこそ引こうとしない。

俺が困りながら苦笑すると、りこもつられたように笑った。

「ねえ、りこ。こういうのはどう？　外に出かけるのはやめる。代わりに家のベランダから一緒に星を見よう」

「うっ……」

りこが迷うように視線を彷徨《さまよ》わせる。

「りーこ」

「……もうっ……。そんな優しい声で名前を呼ぶのはずるいよお……」

自分の声色《こわいろ》なんて意識していなかったから、無意識下でりこへの想いが声に滲《にじ》んでしまったのかと焦《あせ》る。

でも、とにかくりこは俺の提案に対して頷いてくれた。

◇◇◇

それからりこと二人でベランダに出た。

さっきまで降っていた雨は止《や》んでいて、流れる雲の狭間《はざま》では無数の星が瞬《またた》いている。

「わあ！　見て、湊人くん！　ちゃんと天《あま》の川《がわ》が見えるよお」

うれしそうに手を叩《たた》いてはしゃぐりこがかわいすぎて、ついつい見惚《みと》れていたら、「私じゃなくて空を見てください」と照れくさそうに言われてしまった。

「ご、ごめん……。――ほんとだ。なんだかいつもより星がよく見える気がするな。雨上がりだからかな？」

空を見上げながら隣にいるりこに問いかける。

「ふふ。もしかしたら、七夕の奇跡《きせき》かも？」

ああ、もう。発想までかわいいとかどうなってるんだ。

「ね、湊人くん。寝不足で疲れてるのに、私に付き合ってくれてありがとう。今日一緒に星が見られてすごくうれしかった」

「お、俺も！　誘ってくれてうれしかったよ。あと、イベントごとに関して疎《うと》くてごめん。七夕って女の子にとって特別な日なんだね」

「恋愛にまつわるイベントだから、好きな女の子は多いかも。それにね、私はとくに思い入れがあったの」

「え？　どうして？」

「……離れ離れになってしまった大切な人との再会を、心待ちにした気持ちがすごくよくわかるから……」

夜空から視線を落としたりこが、俺のことをじっと見つめてくる。

何か言いたげな眼差しを向けられて、心臓《しんぞう》の辺りがドクンと高鳴った。

再会という言葉を口にした直後、こんなふうに問いかけるような態度を取られたら、期待せずにはいられない。

……やっぱり、りこは幼稚園の頃の思い出の相手が、俺だって気づいてる……？

二章 七夕と運命の恋

四話

りこの彦星は今どこに？

以前の俺《おれ》だったら、悪い反応が返ってくる可能性が少しでもある場合、それ以上踏《ふ》み込んでみようなんて絶対考えなかった。

でも今の俺はりこに好きになってもらうため、勇気を出して頑張《がんば》れる自分に変わりたいと思っている。

だから、万に一つでも、りことの距離を縮めるためのいいきっかけになるのなら、過去のことをりこに話してみたい。

よ、よし!!

「りこっ！　昨日の話に戻るんだけど……！　そ、そのぉ、りこが幼稚園《ようちえん》の頃に出会った相手のことで……」

「私の初恋の男の子のこと？」

「……っ。……その子がりこの初恋の相手なんだよね」

「うん。私の初恋で、今でも好きな人だよ」

「……んんんっ!?」

そっ、そういえば……!!

りこがかつて言っていた言葉が蘇《よみがえ》ってくる。

『私は幼稚園を卒園するのと同時に、また父の仕事で海外に引っ越すことになったから、それきりその男の子とは会えなかったの。でもね、中学生になって日本に戻ってきた後で再会できたんだ。――彼はちっとも変わらなくて、子供の頃とおなじようにすごく優しかった。少しはにかんだように笑うところを見たとき、胸がきゅんってなって……「あ、私、五歳の頃からずっとこの人のことが好きだったんだあ」って。そんなふうに自分の想いに気づいたの』

ということは……!!

りこの初恋の相手＝幼稚園の頃の俺（のはず）。

りこの初恋の相手＝今現在もりこが好きな人。

となると、今現在もりこが好きな人＝俺ってことに……!?

一瞬《いっしゅん》、何もかも忘れて手放しで喜びそうになった。

でも、ガッツポーズをしかけたところでハッと我に返る。

ちょっと待てよ……。

中学生になって日本に戻ってきた後で再会……？

その言い方が引っかかる。

俺とりこが再会したのは、高校生になってからだ。

「……あのさ、りこ……確か前にその初恋相手と再会したって話してたよね……？」

「湊人《みなと》くん、私のした話、覚えててくれたんだ。うれしいな。──そうなの。中学二年生の春に日本に戻ってきて、それから数か月後に再会できたんだ。彼と過ごせた夏休みの思い出は、私の宝物のひとつだよ」

「……」

……どういうことだろう。

俺は中二の夏にりこと会ったりしていない。

幼稚園の頃のことは忘れてしまっていたけれど、さすがに中学時代の記憶ははっきり覚えている。

だから断言できる。

りこみたいにかわいい子と会っていたら、忘れるわけがない。

じゃあ一体、誰がりことの一夏を過ごしたんだ……？

その人物が俺ではないこと以外、わかりようがなかった。

しかもりこは、その誰か（仮にA男としよう）と接し、A男の優しさに触れ、A男の笑った顔を見てきゅんとなったことで恋を自覚したと言っていた。

りこは、A男と幼稚園時代に知り合った男の子を同一人物だと思い込んでいるから、幼稚園の頃知り合った男の子をずっと好きでい続けたと認識しているようだけれど、残酷《ざんこく》なことにそれはりこの勘違《かんちが》いだ。

りこが恋を自覚した相手＝A男。

りこの思い込みの中では、A男＝幼稚園の頃に知り合った男の子となっている。

だからりこは、幼稚園の頃に知り合った男の子＝初恋＝今でも好きな人、という結論を出したわけだ。

A男が俺ではないということは、そもそも幼稚園の頃に知り合った男の子に、りこが恋をしていたかどうかも怪しくなってくる。

その点を置いておいても、現在りこが好きな相手はA男であって、俺ではないということは確実だ。

……なんか死にたくなってきた。

ほんのちょっと前に、りこが好きな相手は自分なのだと舞い上がっていたのに、今は奈落《ならく》の底に突き落とされた気分だ。

A男がうらやましくて仕方ない。

りこがA男を好きになる過程では、俺との幼少期の思い出が多少なりともきっかけになったはずだ。

……くそ。

りことの記憶をA男に盗まれたような気さえしてきた。

りことの思い出を忘れていた俺に言えた義理じゃないけれど、とにかくやるせない。

本当は、今すぐにでも幼稚園の頃に声をかけたのは俺だって名乗り出たいぐらいだ。

だけど……。

好きな相手であるA男との思い出が、本当は俺とのものだったと知ったら、りこはきっとがっかりする。

自分のために、りこの幸せを奪うようなことはできなかった。

だいたい、棚《たな》ぼた的にりこから好かれていたと期待するなんて図々《ずうずう》しすぎた。

初心を忘れずに、りこに好きになってもらえるよう努力をする。

りこからの気持ちを期待するのは、そういうことができてからの話だ。

今の俺は明らかに、りこの彦星《ひこぼし》として力不足だった。

落ち込んだり、A男に嫉妬《しっと》したりしている場合じゃない。

そもそも俺が戦うべき相手は、A男ではなく、ネガティブで自信がなくて、りこに好かれる要素のない自分自身だ。

打倒《だとう》不甲斐《ふがい》ない自分。

今日の出来事でショックを受けた分、それをバネにして週末のデートをめちゃくちゃ頑張るのだ。

そう思ったら、不思議と体の奥から力が湧《わ》いてきた。

今の俺ならきっと、日曜日のデートも成功させられる気がしてきた。

「りこ……！　俺、日曜日がすごく楽しみになってきた……！　あっ、もともと楽しみだったけど！　それ以上になんかわくわくしてきたっていうか、こんなの初めての気持ちで……って、何言いたいかわからないよね。ごめん……！」

自分に言い訳をして、いつものマイナス思考で弱い人間に戻ってしまわないよう、逃げ道をなくす意味でもしっかり言葉にしておきたかったのだ。

慣れていないせいでワタワタしながら伝えたら、りこの頬《ほお》がぽっと赤くなった。

「私もすごく楽しみ……！」

「きっと特別な日にするよ。期待しててほしい」

少しでも好きになってもらえるように、死ぬほど頑張るから。

心の中でそう呟《つぶや》く。

そしていつか、りこが振り向いてくれたその時には――。

思い出の中の少年は俺だっていう真実をりこに伝えたい。

りこはいつもとは様子の違う俺に驚《おどろ》いているのだろう。

顔を赤らめたまま、ぱちぱちと瞬《まばた》きを繰り返している。

その様子がめちゃくちゃかわいいのは言うまでもない。

運命が動き出す日曜日まであと数日――。

三章
リベンジ
初デート!

一話

嫁を喜ばせたい！

週末にりことのデートを控《ひか》えた金曜日。

俺《おれ》は、昼飯が終わると同時に、澤《さわ》の前に山のような資料の束《たば》を置いた。

「……何これ？」

学食のテーブルの前に広げられた資料を、澤が胡散《うさん》くさそうに摑《つか》む。

「『神奈川《かながわ》デートマップ』『彼女が喜ぶデートプラン十選』『初デートで嫌われる行動を徹底解説！』『理想のデートで彼女を喜ばせよう』……いや、ほんとなにこれ？」

「実は、またりこのことで澤に相談があって――」

俺は、りこと同居していることを隠しつつ、電器屋デートの一件や、日曜日にそのときのリベンジをしたいと思っていることを打ち明けた。

澤は電器屋に行ったと聞いた辺りで表情を曇《くも》らせ、ハンバーガーのくだりでは頭を抱えてしまった。

「新山《にいやま》、おまえはほんっと女心をなんにもわかってないな……！」

「うっ……。それはそのとおりだと思う……」

「だーかーらー！　もしもの時に備えて、普段からしっかり恋愛の勉強をしておけって言っといたのに！」

「もしものときなんて、一生絶対何があっても訪れないと思ってたんだよ……」

「でも奇跡《きせき》が起きちゃったんだろ？」

「う、うん」

「そういうことだよ。人生何が起きるかわかんないわけ。それなのに何もかもを諦《あきら》めて生きるなんてもったいなさすぎる。そのうえ、幸せが舞い降りたときのことを考えて準備しておかなかったせいで、今、おまえは慌《あわ》てふためいてるわけだろ？　いいか、新山。今後は俺を見習って、おまえももっとポジティブになれよ」

澤が憐《あわ》れむような顔をして、俺の肩《かた》をポンポンと叩《たた》く。

俺と澤を足して二で割ったら、理想的だろうなと思いながら頷《うなず》き返す。

「んで、新山は何に悩《なや》んでるんだっけ？」

「まずはデートの目的地を決めたいんだ」

「デートって言ったら、遊園地、水族館、映画館に夜景だろ！」

「うん。俺が集めた資料にも、そういう目的地が多く載《の》ってたよ」

「だろ？」

「ただ、一日で全部を回るのは無理があるし、どこかに絞りたいんだけど一体その中のどれが優勝なんだ？」

「そんなのりこ姫《ひめ》の希望を聞けばいいじゃん」

「何とか自分の力でりこを楽しませたいから、目的地や出かけた先での予定も俺に任せてほしいってお願いしてあるんだ」

「おまえ、いきなりそんなハードル上げて……」

「うん、自分でもわかってる。だけど、りこのためにしっかり頑張《がんば》るって決めたから、今の俺にはまだデートのエスコートなんてできないとか弱気なことは言ってられないんだ」

「おっ。さっそくポジティブなこと言うようになってるじゃん。まあ、おまえが頑張るって言うなら俺もできるかぎり協力するよ。恋愛スペシャリストの俺に任せておけば、何にも心配いらないから！」

「ありがとう。それで、ここ数日、ひたすらデートについて調べてるんだけど、どこに連れていったらりこが一番喜ぶかがわからないんだ。そもそも、遊園地と映画館って雰囲気《ふんいき》もやることも全然違うだろ。となると、どっちでもいいってわけじゃないだろうし……。それで澪の意見を聞きたいんだ。澪はどう思う？」

「えっ、えーと、そ、それは……」

　突然、澪の勢いが落ちる。

　俺は若干《じゃっかん》不安になりながら、さらに問いかけた。

「目的地もそうなんだけど、その場で取るべき行動は載ってる雑誌によって全然違ったりするんだ。積極的にリードしたほうがいいって書いてあったかと思えば、ガツガツ行くと引かれるって言葉があったり。手ぐらい繋《つな》がなかったら女の子はがっかりするって意見もあったけど、距離感を勘違いするなって注意もされてた。資料を漁《あさ》るほどわけがわかんなくなってきて、迷路に迷い込んだ気分だよ……」

「言われてみればおまえ目の下のクマがすごいな。もしかして、全然眠れてないのか？」

俺は力なく笑い返すことしかできなかった。

「なあ、新山。そもそもこの話、俺ら二人で相談してても正解に辿《たど》り着ける気がしなくない？　ただでさえ女心がわからないうえ、りこ姫の好みも把握できてないから」

「たしかに……」

「こういうのは、りこ姫が仲良くしてる同性に尋《たず》ねるのが一番だよ」

澤の言うとおりだ。

「りこが仲良くしている女子か」

パッと頭に浮かんだのは、麻倉《あさくら》レイナの存在だった。

りこが日頃一緒に行動している女子グループの中でも、麻倉が一番りこと親しそうだし、俺が唯一、会話を交わしたことのある相手なので、他の女子に比べたら相談するハードルが若干下がる。

そうは言っても、大声で下ネタを口にするような麻倉は、俺からしたらかなりの強女子という印象で、決して相談を持ち掛けやすいタイプではない。

麻倉に助言を求めるのは、かなり勇気がいりそうだ。

「おい、新山。なにかすげえ思いつめた顔してるけど大丈夫？」

「ああ、うん。いつものくせで怯《ひる》みそうになる自分と戦ってただけ」

「……なんか大変そうだな」

自分の性格を変えるのは当然大変だけれど、そんなことを言っていたらいつまでたっても変われないままだ。

俺は深く息を吸って、力強く頷いた。

「よし。ちょっと麻倉に相談してみるよ」

りこがクラスで一番親しくしている麻倉なら、相談相手として打ってつけだろう。

「はっ⁉　本気で……⁉　いや、たしかに麻倉だったら俺よりずっと頼りになると思うけど、……陽キャ女子に話しかけるのって怖くない？」

もちろん怖い。

遠足の時に関わったとはいえ、それっきり麻倉とはしゃべっていないし。

そもそも俺は女子全般に根強い苦手意識を持っている。

「それでも努力するって決めたから。今までのように弱い自分に負けてるわけにはいかないんだ」

「新山……。おまえ変わったな……」

「えっ。ほんとに？」

変わりたいと望んで頑張っているところだから、つい前のめりになって尋ねてしまった。

「おう。前はもっと何に対しても消極的だったじゃん？　そもそも俺に相談してきたのだって初めてだし。りこ姫のことちゃんと大事にしてるんだな。応援してるから頑張れよ」

「ありがとう、澤。今の言葉で背中《せなか》を押してもらえた気がする。俺、麻倉を探しにいってくるよ！」

「返り討ちにあったら慰《なぐさ》めてやるから」

「うん、よろしく！」

◇◇◇

残念ながら昼休み中、麻倉はりこにべったりで、りこに隠れてひそかに近づく隙《すき》など微塵《みじん》もなかった。

けれど、運よく五限の終わりにチャンスがやってきた。

その日の当番であるりこが、六限で使う教材を運ぶため教室を出ていったのだ。

このチャンスを逃すわけにはいかないから、急いで麻倉の席を目指す。

麻倉は自分の前に現れた俺を見て、意外そうに片眉《かたまゆ》を上げた。

まずい。目の前にした麻倉は想像以上に迫力がある。

一緒に遠足の班を組んだことが幻だったのかと思えるほど緊張してきた。

「なに？　なんか用？」

ぶんぶんと首を縦に振るのだけで精いっぱいだ。

って、そんな情けないことは言っていられない。

勇気を出すんだ……！

「あ、あのっ！　麻倉と二人だけで話したいことがあるから、少しだけ時間をもらえないかな……！」

「二人だけで？　ふうん。じゃあついてきて」

麻倉に呼ばれて、二人で廊下へ出る。

そのまま階段を上って、四階と屋上の間にある踊り場へ向かった。

「それで？　こっそり呼び出すなんてどうしたの？　他の人に聞かれたら困る話があるんでしょ？」

女子と二人きりだってだけでも体が強張《こわば》るのに、麻倉は興味津々《きょうみしんしん》という顔で俺の瞳《ひとみ》を覗《のぞ》き込んできた。

「黙《だま》ってたらわかんないよ。ほらほら早く説明して」

たじたじしまくる俺をからかうように、麻倉が距離を詰めてくる。

やばい、やっぱりりこ以外の女子は怖すぎる……！

俺は悲鳴をあげそうになりながら、慌てて身を引いた。

と、とにかく目的を伝えなければ‼

「お、おおおれ！　りことのデートをなんとか成功させたくて！　そのために麻倉の力を貸してもらえないかな⁉」

「りことデート？」

「そう……！」

俺は澤にしたのと同じ説明を麻倉にも聞かせた。

澤とは違って、麻倉は話が進むほど面白がるような表情になっていった。

「あはは、そっかそっかそんなことがあったんだー！　なんで前回のデートを失敗だと思ってるか理解できないけど、まあ、とりあえずりこを喜ばせたいって気持ちはよくわかったよ」

麻倉は明るい笑い声を立てると、「青春してんねー」と言って、俺の肩をぽんぽん叩いた。

若干おっさんくささを感じる振る舞いだが、さっきまでの態度よりずっと安心できる。

「実はねー、りこがいないところで声をかけてきたから、二股野郎《ふたまた》なのかと思って探ってみたわけ。でも、新山くんが誠実な人でよかったよ。これなら安心してりこを任せておけるわ」

「二股⁉　ありえないよ……！」

りこのことでいっぱいな俺の心に、他の人が入り込む余地なんて露《つゆ》ほどもない。

そもそも二股をするほど器用じゃないし、りこ以外の女子は相変わらず恐怖の対象でしかないのだから。

俺が素《す》っ頓狂《とんきょう》な声で全否定したら、麻倉はますます機嫌のいい顔つきになった。

「てかでもさー、そんなの計画なんて立てる必要ないじゃん。新山くんはりこを楽しませてあげたいって考えてるんでしょ？　だったらその気持ちのまま振る舞えばいいだけだよ」

「どうやったら楽しんでくれるか本当にわかんないんだ。そんな気持ちで行動しても空回りするだけじゃないか……？」

「えー？　それならそれでいいじゃん。自分のために頑張ってくれてるんだから、たとえ的外れでも愛《いと》しく思えちゃうものだよ」

自分が失敗しまくって、またデートを台無しにする未来しか見えない。

青ざめて黙り込んでいると、麻倉はやれやれというようにため息をついた。

「しょうがないな。一応テンプレ的な模範解答を何パターンか教えておいてあげるよ」

「……！　ありがとう、麻倉！　恩に着るよ……！」

◇◇◇

それから麻倉がいくつかの助言を与えてくれた。

「——麻倉のおかげで目的地も決められたし、本当に助かったよ」

トラウマができて以来、りこ以外の女子と話すのはこれが初めてのことだったから、めちゃくちゃ勇気がいったけれど、やっぱり麻倉に相談してよかった。

「それにしても新山くんったら健気《けなげ》だよね」

「え？」

「彼女のためにここまで一生懸命になってくれる彼氏ってレアだよ。なんかうらやましいな。りこが知ったら間違いなく感動して泣いちゃうでしょ」

「あっ、りこには黙ってて……！」

りこは優しいから喜んでくれるとは思うけれど、さすがに泣くっていうのは言いすぎだ。

「でも、ほんとに計画なんて練らなくていいんだけどね。ありのままの新山くんで接して、本心をストレートに伝えるのが一番だから。何をやってもだめで困り果てたら、私のこの言葉を思い出しなよ」

麻倉は素《す》の俺が、デート相手としてどれだけ無能かを知らないから、こんなことを言うのだろう。

とはいえ頼りになる麻倉の助言だから、俺はその言葉を心の片隅《かたすみ》に留《とど》めておくことにした。

◇◇◇

そしてついに約束の日曜日がやってきた。

「湊人《みなと》くん、支度《したく》してみたんだけど、この格好《かっこう》どうかな？」

そう言って俺の前に現れたりこは、比喩《ひゆ》でもなんでもなく完璧《かんぺき》に妖精だった。

「……っ」

膝上丈《ひざうえたけ》の白ワンピースは、裾《すそ》がひらひらしていて、りこが動くたびに柔《やわ》らかく揺れる。

清楚《せいそ》な印象を与えるその服は、まるでりこのために特別に用意されたのではないかと思うほど、よく似合っていた。

髪《かみ》の毛は、サイドが編み込みになっていて、小花の髪飾りが付けられている。

普段と違う髪型が新鮮だし、今日のデートをより特別に思えた。

「やばい……。めちゃくちゃかわいい……」

気づいたら、言葉が勝手に零《こぼ》れ落ちていた。

あっと思い、慌てて手を口に当てるけれどもう遅い。

今の気持ち悪かったかな……⁉

焦《あせ》りながらりこに視線を向けると——。

りこは、小花の髪飾りも白いレースのワンピースも霞《かす》んでしまほどかわいらしい顔で、恥《は》ずかしそうに笑っていたのだった。

三章
リベンジ初デート!

二話

デートなのでそばにいたいと甘えてくる嫁

特別な日のデートにはサプライズがおすすめだと書いてあったので、今日の目的地はまだりこに告げていない。

行き先に関しては、麻倉《あさくら》が色々と相談に乗ってくれ、その場所なら間違いないとお墨《すみ》付きをくれたので、多分大丈夫なはずだ……。

目的地までのルートは、百回以上確認したし、すべて暗記してある。

りこには、到着するまで行き先は秘密だと伝えた。

するとりこは、「わあ、すごい！　ワクワクしちゃうなあ」と言って、手を叩《たた》いて喜んでくれたのだった。

その振る舞いがめちゃくちゃ愛らしくって、サプライズを採用してよかったと心底思えた。

◇◇◇

りこと二人でマンションの外に出ると、空は青く澄《す》み渡っていた。

この感じだと梅雨《つゆ》が明けたのかもしれない。

天候に恵まれて幸先《さいさき》は上々。

俺はりこを連れて大船《おおふな》駅へ向かい、予定通り到着した電車に乗り込んだ。

日曜日の車内は、平日に比べて空《す》いているものの空席を探すのは困難だ。

しかし、運よく隣の駅で目の前の客が下車し、正面の席が一つ空いた。

「りこ、座って」

「私は大丈夫だから、湊人《みなと》くんどうぞ」

「えっ⁉　いやいや、りこどうぞ！」

りこは困り顔で首を横に振る。

雑誌には、とにかく女の子が疲れないよう気を遣ってあげることが大事だと書いてあったのに、予想外のことが起きて、内心かなり焦《あせ》った。

まずい。こういうパターンのときはどう立ち回ったらいいんだ。

と、とにかく、りこを疲れさせないことを最優先させないと……！

「俺は立っていたい気分だから、りこは気にせず座って！」

「立っていたい気分？」

りこはパチパチっと瞬《まばた》きをした後、口元に手を当てて小さく笑った。

「ふふっ。湊人くんったら、そうやって私に席を譲ってくれようとしてるんでしょう？」

なんてことだ。あっさり意図を見破られてしまった。

これじゃあますます優しいりこは遠慮《えんりょ》してしまうだろう。

案の定、りこはこんなことを言い出した。

「ねえ湊人くん、目的地まではどのぐらい？」

「えーっと……あと三十分ってところかな」

「そうしたら、半分まで行ったところで席を交代しよう？」

「それじゃあだめだ……」

「え？」

とにかくりこを疲れさせないようにしたいのだから、途中で交代したら意味がない。

俺が目の前に立っているせいで、りこは余計に気を遣うのだろう。

「俺、車両の奥のほうで寄りかかってるよ。りこはこのままここに座ってて」

りこの両肩《かた》を遠慮がちな力で摑《つか》んで座らせる。

ポッと赤くなったりこは、「こんなのずるい」と言いながら、俺を上目遣《うわめづか》いで見上げてきた。

「降りる駅の前になったら声かけるから」

「……！　湊人くん……！」

りこが焦ったような声で小さく叫んだが、俺は心を鬼《おに》にしてその場を後にした。

このまま背《せ》を向けていれば目が合うこともないし、りこも俺に遠慮しなくて済むだろう。

今日のりこ、いつにもましてかわいいから本当はずっと視界に入れてたいんだけど……。自分の願望より、りこを最優先させるのが正しいに決まっている。

◇◇◇

そのまま退屈《たいくつ》な車内広告を見つめつつ、何日もかけて頭に叩き込んできたデートを成功させるうえでのルールを暗唱《あんしょう》していると、次の駅で電車が止まった。

パラパラ降りていく人と、パラパラ乗ってくる人。

人の流れが落ち着き、電車の扉が閉まったとき――。

「湊人くん」

耳に心地のいい柔《やわ》らかい声を聞いて驚《おどろ》きながら振り返ると、少しむくれた顔をしたりこが真後ろに立っていた。

りこがさっきまで座っていた席には、大きな荷物を抱えた女性の姿がある。

「席、譲ってあげたの？」

「うん。だって湊人くんと一緒にいたかったから。もうっ、置いていっちゃうなんてひどいよ」

「ご、ごめん……」

反射的に謝ると、りこはすぐ笑顔になった。

「はい、せっかくのデートだから傍《そば》にいようね」

「え？　わっ⁉」

りこは手すりにつかまっていないほうの俺の手に、きゅうっとしがみついてきた。

な、なななななにこのかわいい生き物……！

「湊人くんと三十分も離れ離れなのは悲しいよぉ」

「……っ‼」

「えへへっ。私、デートだから浮かれちゃってるみたい。それできっと、いつもより欲張りになっちゃってるんだと思うの。……湊人くんはこうやってくっつかれるの嫌《いや》？　もしかして、電車に乗ってるときまで一緒にいたがるの迷惑だったかな……。湊人くんが嫌なら悲しいけど我慢《がまん》します……」

「まさか！　嫌なんてことないよ……！」

「ほんと？　無理してない？」

「してない！　ほんと！」

「そっか……。よかった……」

俺があわあわしている隣で、ぴたっとくっついたりこはうれしそうに瞳《ひとみ》を細めている。

先週、りこと一緒に手を繋《つな》いで電車に乗ったとき以上に距離が近いから、どうしようもなく胸が苦しい。

もちろん先週もそうだし、春の遠足で満員電車に乗ったときもドキドキしっぱなしだったけれど、今回の幸福度は桁違《けたちが》いだ。

やばい……。幸せすぎて何も考えられない……。

電車の中でこんな密着しててていいのかな……⁉

いや、でも腕《うで》を組むぐらいなら多分許されるはず……。

ゆるされ……ゆるされ……だめだ、幸せすぎて脳みそがとけてる……‼

幸福感に酔《よ》いしれてしまった俺が、落ち着きを取り戻すまで、三駅分かかった。

三章
リベンジ
初デート！

三話

君が楽しそうにしてくれるだけで

電車に揺《ゆ》られて三十分。

無事に目的地へと辿《たど》り着き、施設のエントランスを目にした瞬間、りこは喜びの声を上げた。

「『ふれあい牧場』！　楽しそう！　まさかこんなところに連れてきてくれるなんてびっくりだよぉ……！　湊人《みなと》くん、本当にありがとう……！」

「サプライズ成功……？」

「大成功です！　本当にびっくりしちゃったもん！」

ドキドキしながらりこの反応を窺《うかが》っていた俺《おれ》は、明るく輝いたりこの瞳《ひとみ》を見て、ホッと息を吐いた。

よかった……。目的地の選択は正しかったみたいだ……。

ちなみにここは、神奈川《かながわ》県の外れにあるふれあい牧場という名のテーマパークで、施設名から予想できるとおり、動物とふれあうことができる巨大な牧場だ。

施設内には牧場の他に、人工的に作られた湖や、ハイキングコースや、バーベキューのできるキャンプ場などがある。

実をいうと、このテーマパークを候補に入れたときは、補欠《ほけつ》ぐらいの感覚でいたのだけれど、俺がデートの目的地リストを見せたところ、麻倉《あさくら》が「圧倒的にふれあい牧場!!」と言ったのだった。

そのときのやりとりをぼんやりと思い出す。

◇◇◇

『ふれあい牧場って、麻倉本気で言ってる……？　ディズニーとか映画とか八景島《はっけいじま》とかのほうがいいんじゃないの？』

『ディズニーなんて初デートには最悪だよ。長い待ち時間の間、りこを退屈《たいくつ》させずにいられる？』

『うっ……そ、それは……』

『そもそも入場料金だって高いしさ』

『それはバイト代から出せるから！』

『違う違う、そうじゃない。たとえ出してもらうとしても、まともな神経してたら高いってことに遠慮《えんりょ》するでしょ。とくにりこは気遣い屋さんだから、絶対、自分で出すって言うよ』

『たしかに……。でも、映画は？　デートの目的地としては、すごくオーソドックスだから外さないと思ったんだけど』

『そうそれ！　ありがちだから新鮮さがないんだよねー。しかも、映画を見てる間は全然コミュニケーション取れないし。せっかく二人で時間を共有してるのに、二時間近く無駄《むだ》にするようなもんじゃない。慣れてきた恋人同士なら別にいいと思うけど、初デートでそれはちょっとねえ』

『な、なるほど……。そのふたつがだめなのはわかった。でも、もっと他にもいろいろあるから――』

『他のどこより、断然ふれあい牧場がいいよ。まさかっていう斬新さがあるし、牧場にいる動物なんて普段見る機会ないじゃん？　だから、りこにとっては見ることなすこと全部新鮮な驚《おどろ》きがあると思うわけ。新山くんが努力しなくても、りこが驚いたり喜んだりしてくれるんだよ。もっと言うならふれあい牧場って、新山くんとりこのほのぼのカップルのイメージにぴったりだよ』

『ほのぼのカップル……』

『ちょ、何真っ赤《まか》になってるのよ！　私まで恥《は》ずかしくなってきたじゃん！』

『ご、ごめん……』

『もおおおさらに赤くなるし！　純情少年すぎー!!』

◇◇◇

――そんなやりとりを経《へ》て、目的地はふれあい牧場に決定したのだった。

さっそく、りこと俺は良心的な値段のチケットを購入し、園内へと入った。

麻倉の予想どおり、りこはチケット代を受け取ってはくれなかったし、なんなら俺の分まで払おうとするので止めるのに必死だった。

ディズニーを選ばなくて本当によかった。

心の中で麻倉にお礼を言う。

「わあ！　湊人くん、見て！　ここってすごく広いんだね！」

エントランスでもらった地図を眺《なが》めながらりこが言う。

「施設内の地図はしっかり覚えてきたから、俺が責任をもって案内するね」

「え⁉　覚えてきてくれたの？」

りこが目を真ん丸にして聞き返してくる。

あっ、しまった。今の一言は余計だったかもしれない。

事前に準備をしまくっていたなんて格好《かっこう》がつかないし、下手《へた》したら恩着せがましく聞こえてしまった恐れもある。

◇◇◇

木々の間を縫《ぬ》うように歩いて、バードウォッチングのできる遊歩道を抜けると、柵《さく》がめぐらされた牧草地に出た。

左側のかなり広々としたエリアでは、客を乗せた馬《うま》がのんびり歩き回っている。

右手にはあずまや風のベンチがいくつか並んでいる。

その先にはポニーのいる柵があるはずだ。

さっきりこに伝えたとおり、インターネットに掲載されている地図を見て、園内の施設はすべて把握《はあく》しているし、それをもとにしっかり計画も立てておいた。

まずは左側のエリアで乗馬体験をさせてもらい、それが終わったらポニーの餌《えさ》やりをする。

時間にしておそらく二時間近くはここで遊べるだろう。

広大な園内には馬車が走っていて、二時間ごとに施設を巡回している。

ちょうど俺たちが遊び終わる頃、馬車が通りかかるはずだから、次のエリアにはそれに乗って移動しようと考えている。

りこは蹄《ひずめ》の音を立ててカポカポと歩き回る馬を見た瞬間、手を合わせて喜んでくれた。

「すごい……！　こんなふうに間近で馬を見たの、私初めて……！」

「うん、俺も。思ってたより大きいな」

「本当に！　迫力あるね！」

りこは感動のため息をつきながら、軽快に闊歩《かっぽ》する馬に見惚《みと》れている。

とりあえず摑《つか》みはよさそうだ。

りこが馬を気に入ってくれたのなら、このあとの経験もきっといい思い出になるだろう。

「りこ、ここって乗馬体験ができるんだって。よかったら乗ってみない？」

「あっ……、えと、乗ってみたかったんだけど、私今日ワンピースで……」

「あ……！　そっか、そうだね……！」

ワンピースで乗馬をするなんて無理に決まっている。

そんなことにも気づかないなんて、本当に俺ってだめなやつだ。

「せっかくの機会なのにごめんね……！　何も考えずにワンピースなんて着てきちゃったから、もう私の馬鹿《ばか》……！　ちゃんと動ける格好でくればよかった」

「いや、りこは全然悪くないから！　それにそのワンピースめちゃくちゃかわいかったし!!」

「あ、ありがと……」

「うん……」

りこが照れて、それが俺にも伝染し、二人でもじもじする。

沈黙《ちんもく》を先に破ってくれたのはりこだ。

「……えっと、もしよかったら湊人くんだけ乗馬してきて。私、ここで見てるから！」

「いや、俺も大丈夫」

「見てるだけでも楽しいから遠慮しないで」

健気《けなげ》なことを言うりこに対して、申し訳なさが募《つの》る。

とにかくなんとか立て直さないと。

そうだ、ポニー！

餌やりならワンピースでも問題ないはずだ。

「りこ、こっち。ポニーとふれあえるらしいから行ってみよう」

「ほんと⁉」

「手渡しで餌を食べさせることができるんだって」

「すごい！　私の手からもちゃんと食べてくれるかな？」

「りこは絶対大丈夫。俺が保証する！」

そんなやりとりを交わしながら、ポニーの餌を買い、二人で柵の前まで向かった。

馬より一回り以上小さなポニーは、とにかくかわいらしい。

とくに穏やかで澄んだ目が印象的だ。

さっそく餌をあげようとして、カップに入っているニンジンスティックを摘《つ》まもうとしたとき──。

「あれ……。……ちょ、えっ⁉」

なぜか柵の中にいるポニーたちが、わらわらと俺の前に集まってきた。

他の観光客もたくさんいるし、中には餌をもらっている最中だったポニーもいるのに、どのポニーも一目散《いちもくさん》にこちらへ向かってくるのだ。

「わあ！　湊人くん、みんな集合したよお⁉」

驚きながらも、りこは楽しそうな顔をしている。

俺はわけがわからなくて困惑しっぱなしだ。

ていうか、なんで俺⁉

「ち、違う違う……！　俺のほうには別に寄ってこなくていいんだって……‼」

むしろりこのもとへ集まってよ！

そしたらきっとりこが喜んでくれるから……！

手を振って追い払おうとしても、ポニーたちはまったく気にすることがなく、従順な眼差《まなざ》しで俺の顔を見上げている。

「……っ、どうなってるんだこれ……」

「湊人くん、すごい！　まるでポニーたちのリーダーみたいだよぉ。私、感動しちゃった……！」

りこは手を叩《たた》いて笑顔を浮かべているし、周りの観光客からも感心したような声とともに拍手《はくしゅ》を浴びせられた。

「なんでこんなことに……」

「ふふっ。湊人くんは動物に好かれる人なんだね」

「ごめんね、りこ。餌やりの邪魔《じゃま》しちゃって」

「なんで謝るの？　私、動物に好かれる人って素敵《すてき》だなって思うよ」

「……っ」

りこを楽しませてあげたいのに、全然思うように動けない俺のことをこんなふうにフォローしてくれるなんて……。

ほんと、どこまでいい子なんだろ……。

好きになってもらうために頑張《がんば》るはずだったのに、むしろ俺のほうがどんどんりこを好きになっていってる。

俺もりこのように魅力的で愛される人になれたらいいのに。

……そのためにも、ここまでのミスをなんとか挽回《ばんかい》しなくては。

◇◇◇

結局、そのあともポニーたちは俺の周りを一向に離れる気配がなかった。

これでは他のお客さんにも迷惑がかかってしまう。

仕方ない。餌やりは断念しよう……。

俺はりこに何度も謝りながら、りこを連れてポニーのエリアを離れた。

りこは笑いながら「楽しかった」と言ってくれたけれど、俺は自分自身に対してがっかりしていた。

あれだけ計画を立ててきたのに、朝の電車も、乗馬も、ポニーへの餌やりすら上手《うま》くいかなくなるなんて……。

しかも、施設内を巡回している馬車がやってくるまでまだ一時間以上残っていた。

困ったな……。

ここで一時間ぼーっと待つなんて、りこが退屈《たいくつ》に決まっている。

「次の目的地に決めている湖まで結構距離があるんだけれど、歩いて移動してもいい？」

「うん、もちろん！」

りこは楽しそうな表情のまま頷《うなず》いてくれた。

全然上手くいかないデートの中でも、りこが終始にこにこしてくれているのだけが俺の救いだ。

三章
リベンジ
初デート!

四話

お弁当とお約束

木々や野花を眺《なが》めながら施設内の林道を二十分ほど進むと、湖が見えてきた。

りこは歩いている間、しきりに「楽しいね」と言っては俺《おれ》に微笑《ほほえ》みかけてくれた。

とにかくりこがかわいすぎて、デレデレした顔にならないよう気をつけるのに必死だ。

並んで歩いているだけで、どうしてそんなにうれしそうにしてくれるのだろう。

りこって本当に女神みたいな子だな……。

湖畔《こはん》には人工芝《じんこうしば》が敷かれていて、シートを広げた人々が日光浴《にっこうよく》をしながら昼食を摂《と》っていた。

「りこ、俺たちもここでお昼にしようか」

「うん！　向こうにホットスナックのワゴンが出てるから、私買ってくるね！」

「あ、りこ待って！　実は……そのぉ……」

「うん？」

「お、お弁当《べんとう》を二人分作ってきたんだ……！」

「えっ⁉」

「初めて作ったから美味《おい》しいか自信はないんだけど……」

「湊人《みなと》くんが作ってくれたの……？」

「う、うん」

「湊人くんの手作り……。……っ」

息を呑《の》んだりこの目にじんわりと涙が浮かぶ。

「わあ⁉　りこ⁉　ごめんっ、そんなに嫌《いや》だった⁉」

「ち、違っ……！　私、感動しちゃって……！　えへ、びっくりさせちゃってごめんね。すごくうれしい。ありがとう……！」

目にたまった涙を拭《ぬぐ》いながら、りこがにっこりと微笑《ほほえ》む。

俺は言葉を失ったまま、無言で頷《うなず》き返すことしかできなかった。

まさかここまで喜んでくれるとは思っていなかったから、今口を開いたら、声が震《ふる》えてしまいそうだ。

りこのために何かがしたい。

その一心で慣れないことに手を出してみたのだが、チャレンジしてみて正解だった。

今朝は三時起きで、まともなお弁当ができるまで三時間以上かかってしまったものの、諦《あきら》めなくてよかったと心から思う。

夢見心地でリュックを開け、中から弁当箱を取り出す。

わくわくした瞳《ひとみ》で弁当箱を見ているりこの目の前で蓋《ふた》を開けると――。

「うわっ⁉　……そんな」

弁当箱の中は、悲惨《ひさん》な有様だった。

箱の右側に具が全部寄り、押し潰《つぶ》されてめちゃくちゃな状態になっている。

ショックすぎて、頭が真っ白になる。

こんな状態では、りこに食べさせられない。

「湊人くん……」

「ご、ごめん。俺、さっきのワゴンで何か代わりのもの買ってくるよ……！」

「待って。大丈夫、食べられるよ」

財布《さいふ》を持って駆けだそうとした俺の腕《うで》を、りこが優しく掴《つか》んで引き止める。

「でも……」

「ほら、見ててね」

りこは、俺を安心させるようにニコッとしてから箸《はし》を掴んだ。

茫然《ぼうぜん》としたままの俺の目の前で、りこが丁寧《ていねい》に弁当の中身を直していく。

「ね？　おいしそうなお弁当に元どおり！」

まるでりこが魔法をかけてくれたかのように、弁当はまともな状態に戻った。

よく見れば玉子焼きが煮物の汁で少し変色してしまっているし、トマトは潰《つぶ》れて割れているけれど、それは受け入れることにした。

だって、俺がこの弁当を拒絶したら、わざわざ直してくれたりこの思いやりを否定することになってしまう。

「お弁当を持ち運ぶのって大変だよね。私もよくこの失敗しちゃうんだ」

りこはえへっと言って、かわいくおどけて見せた。

彼女の行動のすべてが、俺の心を慮《おもんぱか》ってのものだとわかっているから、胸が切なくてしょうがない。

「湊人くん、お弁当食べてもいいですか？」

「あ、う、うん……」

「わーい！　それじゃあいただきます」

りこは手を合わせて軽く頭を下げると、一番不格好な卵焼きに箸を伸ばした。

緊張しながら見守る俺の視線を受け止めながら、りこが卵焼きを口に運ぶ。

「ん～っ！　甘くておいひい……！」

りこは幸せそうに目を細めると、自分の頰《ほお》を掌《てのひら》で押さえた。

「ほらほら、湊人くんも食べてみて？」

「わかった……って、りこ？　あのぉ、なんで箸で摑んだ卵を差し出してくるの？」

「湊人くんは私が湊人くんにあーんするのが大好きだってことを、そろそろ覚えるといいのです」

「ええええっ」

「というわけで、はい、あーん」

「そんなっ、人前なのに……⁉」

「だめ？」

かわいい顔で問いかけられれば、断れない。

それにデート中に好きな子から『あーん』してもらえることは、全男子の夢だと言っても過言《かごん》ではない。

おかしい。

りこを喜ばせてあげるはずが、また今回も俺ばかり幸せにしてもらっている。

何日も徹夜《てつや》して立てた計画がまったく役に立っていないことに、俺は薄々気づきはじめていた。

三章
リベンジ
初デート!
五話
もう隠してはおけない

りこの様子がおかしいことに俺《おれ》が勘《かん》づいたのは、昼食の後、小動物とふれあえる広場に向かって移動している最中のことだ。

「――で、ふれあい広場の中には、うさぎとかモルモットが放し飼いにされていて、自由に触れるらしいんだ。あと写真撮影もＯＫって書いてあったよ」

「うれしい！　湊人《みなと》くん、うさちゃん抱っこして一緒に写真撮ろうね！」

「うんうん。って、あれ？　……りこ、ちょっと待って」

「なあに？」

きょとんとした愛らしい顔でりこが歩みを止める。

パッと見ただけでは不自然なところはない。

だが、この数か月ずっと傍《そば》で眺《なが》めてきた好きな人のことだ。

気づかないわけがなかった。

「りこ、足痛いの？」

「え」

りこの優しい微笑《ほほえ》みがわずかに強張《こわば》る。

「あ、あの、私、全然大丈夫だから――」

「こっちに来て」

俺に心配させまいと無理をしているのはすぐにわかった。

だから、今だけはりこの言葉を無視して近くのベンチに彼女を座らせる。

「足、見せてくれる？」

「……」

りこはすがるような目で俺を見つめてきた。

この状況で隠したがるってことは……。

嫌《いや》な予感を覚えて、俺はりこの足元に跪《ひざまず》いた。

「りこ、ごめん」

一応断りを入れて、サンダルを履《は》いたりこの足を手に取り、自分の膝《ひざ》の上に乗せる。

「きゃ!?」

りこは驚《おどろ》きの声を上げた直後、かあっと赤面した。

俺だってこんな緊急事態じゃなかったら、りこの足に触れるだけで真《ま》っ赤《か》になっていただろう。

だけど今は、心が痛んでそれどころじゃなかった。

「湊人くん、だめだよ。お洋服が汚れちゃう……！」

「そんなの気にしないでいいから」

少し底の高いかわいらしいサンダル、全然汚れがついていないから恐らく今日初めて下ろしたのだろう。

その中に収まったりこの小さな足は、ところどころ赤くなっている。

それだけでも痛々しいというのに、小指《こゆび》と踵《かかと》は豆《まめ》が潰《つぶ》れて出血していた。

「……っ。すぐ手当てするから、このままサンダル脱がすね」

「あ、あの、自分でやります……！」

「いいから、りこは大人しくしてて」

「……！　は、はい……」

気遣い屋なりこに遠慮《えんりょ》させないため、俺らしくない口調できっぱり言うと、りこはなぜかますます赤くなってしまった。

理由はわからないけれど、それでも俺の膝から足を下ろそうとしなくなっただけよかった。

俺はまずりこの右足からサンダルを脱がせると、負っていたリュックを漁《あさ》って、絆創膏《ばんそうこう》と消毒薬、清潔なガーゼを取り出した。

俺の行動を眺《なが》めていたりこが目を丸くする。

「びっくりした……。湊人くん、それいつも持ち歩いてるの？」

「いや、何かあったときのためにって思って色々用意してきたんだ」

俺のリュックの中には、他にも懐中電灯《かいちゅうでんとう》や充電器、湿布《しっぷ》や虫よけスプレー、アイマスクや折り畳《たた》み傘《かさ》二人分などが入っている。

例の参考にした雑誌にはさすがにデートへ持っていくべきもののリストなんて載っていなくて、どうしたらいいのか悩んだ結果、不測の事態に備えた思いつく限りのものを詰め込んでいくという手に出たのだった。

「ごめん、ちょっと沁《し》みるかも」

「大丈夫」

りこは痛みに備えるように、目をきゅっと閉じた。

痛い思いなんてさせたくなかったのに……。

やるせない気持ちを抱えながら、できるだけそっと消毒薬をかける。

密閉されていた袋から取り出したガーゼで傷の周りを拭《ぬぐ》い、絆創膏を貼《は》ったら、次は左足の番だ。

「――よし、できた」

「ありがとう。立ってみるね」

「えっ。無理しないほうが――」

慌《あわ》ててりこに手を差し出す。

りこは俺の腕《うで》を頼りながら、両足を地面についた。

「あ！　すごい！　湊人くん、もう痛くないよ。絆創膏のおかげで傷に直接サンダルが当たらなくなったのがいいみたい！」

今度は無理しているわけではなさそうで、心底ホッとする。

でも数秒も経《た》たないうちに、こんな事態になってしまったことへの申し訳なさが押し寄せてきた。

「りこ、ごめんね。靴擦《くつず》れのこと、もっと早く気づいてあげられればここまでひどくならなかったのに……。いや、それより新しいサンダルを履いてるんだから、長い距離歩くのがよくないって察するべきだった」

「ま、待って！　悪いのは私だよ。靴擦れのこと隠していたせいで、湊人くんに余計心配かけちゃった……。それに、湊人くんとのデートだって浮かれて、おニューのサンダルを履いてきたのも馬鹿《ばか》でした……ごめんない……」

「違う……。今日一日俺が失敗を繰り返してたのがいけないんだ……」

そもそもポニーのエリアから、湖までの道を歩かせなければ、きっとこんなことにはなっていなかったのだ。

それが計画通りにいかなかったのは、サプライズを優先するあまり乗馬をしようと思っていると、事前にりこに伝えていなかったせいだし、今思えばそんな状況を招いている時点でサプライズも上手くいったとは言えない。

行きの電車での失敗や、ぐちゃぐちゃになっていたお弁当《べんとう》のことも思い出し、心底情けない気持ちになる。

挙句《あげく》の果てにりこに怪我《けが》をさせるなんて……。

『なんども計画を確認したから明日のデートは完璧《かんぺき》にこなせるはずだ』と思っていた昨夜の俺を殴《なぐ》ってやりたい。

せっかく初デートをやり直す機会をもらえたのに、また大失敗してしまうなんて。

りこに好きになってもらえるよう努力をして、いつか好きだと伝えたい。

そう思って頑張《がんば》ったつもりだったけれど、空回りもいいところだ。

「何一つ計画通りにできなくてごめん……。りこをちゃんと喜ばせてあげたかったのに……」

「え？　計画って？」

しまった。

余計なことを口にした。

そう後悔しても、一度吐き出してしまった言葉は元には戻らない。

俺は情けなさを感じて顔を上げられなくなったまま、このデートに向けて自分がしてきたことを説明した。

本当は事前準備のことなんて告げず、格好をつけたかったのに。

結局、俺は等身大の俺の姿を正直に打ち明けることになってしまったのだった。

「……うそ。……そこまでしてくれていたなんて……。それに湊人くん、レイちゃんにも相談してくれたの？」

「麻倉《あさくら》はすごく親身になってくれたのに、結果が残せなくて悪いことをしたよ……」

「どうしてそんなふうに言うの？　私、今日、ずっとうれしい気持ちでいっぱいだったよ？」

「ありがとう。でも、無理しないで。失敗続きだったことは自分が一番わかってるんだ。デートひとつ満足にエスコートできないだめな奴でごめん」

「そんなこと――」

りこが何かを言いかけた時、突然、俺たちの頭上で雷が鳴り響いた。

はっとして顔を上げると、西のほうから淀《よど》んだ雲がどんどん近づいてきている。

いよいよ天気にまで見放されたのか。

山の天気が変わりやすいとはいえ、もはや自分が悪運を引き寄せているとしか思えなくなってきた。

間髪《かんぱつ》入れず、大粒の雨が降ってきた。

周囲にいた人々が屋根のある建物を求めて、慌てて駆けていく。

「りこ、俺たちも移動しよう。りこさえ嫌じゃなかったら、俺がおぶるから」

背中《せなか》を貸すために屈《かが》もうとしたら、なぜかりこがぽすっとぶつかってきた。

え……？

背中越しに腕を回され、ますます混乱する。

俺、抱きしめられてる……？　な、なんで……⁉

「あ、あの、りこさん……？」

動揺《どうよう》のあまりさん付けで呼びかける。

「雨に濡れてもいいから、このまま私の話聞いてほしいの」

「あ、はい」

「私、電車に乗ってる間も湊人くんから離れたくなかったの。だから、傍《そば》にいさせてくれてうれしかった。サプライズでこの牧場に連れてきてくれたのは本当に驚いたし、特別なデートって感じがしてドキドキしたの。私がワンピースで来ちゃったから乗馬はできなかったけど……、でも、湊人くんとのデートだからかわいい格好をしたかったんだもん……。サンダルもそう。上から下まで少しでもかわいくなって、それで湊人くんに一瞬《いっしゅん》でもかわいいって思われたかったの……」

「……！」

「ポニーの時、私がどれだけきゅんってなったか湊人くんは知らないよね。あんなふうに動物に好かれるなんて、すごすぎだよ。湊人くん知ってる？　動物って優しい人がわかるんだって。ポニーたちは湊人くんの優しさを一目で見抜いたんだと思うの。私も湊人くんほどこの注文書に記入して、お近くの書店へお申し込みください。

書店印

書籍扱い（買切）

予約注文書

【書店様へ】お客様からの注文書を弊社、営業までご送付ください。

（FAX可：FAX番号03−5549−1211）

注文書の必着日は商品によって異なりますのでご注意ください。

お客様よりお預かりした個人情報は、予約集計のために使用し、それ以外の用途では使用いたしません。

2021年7月15日頃発売

GAノベル

魔女の旅々17
ドラマCD付き特装版

著	白石定規　イラスト　あずーる
ISBN	978-4-8156-0830-9
価格	2,970円
お客様締切	2021年5月14日（金）
弊社締切	2021年5月17日（月）
	部

2021年8月15日頃発売

GA文庫

友達の妹が俺にだけウザい8
ドラマCD付き特装版

著	三河ごーすと　イラスト　トマリ
ISBN	978-4-8156-1013-5
価格	2,640円
お客様締切	2021年6月10日（木）
弊社締切	2021年6月11日（金）
	部

住所　〒

氏名

電話番号

特装版は書籍扱いの買取商品です。

返品はお受けできませんのでご注意ください。

新キャラ追加!!
7月15日頃発売!
魔女の旅々17
ドラマCD付き特装版
著●白石定規
イラスト●あずーる
大注目作の特装版が発売です!!
このチャンスを見逃すな!
アニメ化決定★
新キャラも登場!
8月15日頃発売!
友達の妹が
俺にだけウザい8
ドラマCD付き特装版
著●三河ごーすと
イラスト●トマリ

思いやり深い人知らないよ。私のために早起きしてお弁当《べんとう》を作ってくれたことも、消毒薬や絆創膏を持ってきてくれていたことも、私を喜ばせようといっぱい準備してくれていたことも、それがうまくいかなかったって落ち込んじゃうところも、みんな湊人くんの優しさで、私はあなたのその優しさを心から尊敬しているの」

「りこ……」

「だからお願い。自分のことをだめな奴なんて言わないで。湊人くんはとっても魅力的な人なんだから」

「……っ」

喜んでほしい一心で頑張って、それがちっとも上手くいかなくて落ち込んで、なのにすべてまとめてりこが肯定《こうてい》してくれて――。

……俺、本当にこの子のことが大好きだ。

この先一生、こんなに好きになれる人なんて絶対いないだろう。

りこのことが好きすぎて、なぜか涙が出そうになる。

気持ちを伝えられるぐらい自分が努力できたなんて、微塵《みじん》も思っていない。

でも、あまりにもりこが尊《とうと》くて、気づいたら想いが溢《あふ》れていた。

「俺、りこが好きだ」

──りこが好き。

りこに片思いをしはじめてから、誰にも言わずにずっと隠し続けてきた想いを、ついに本人に伝えてしまった。

しかも、告白しようと決意していたわけではなく、りこへの気持ちが溢《あふ》れた結果だ。

「湊人《みなと》くんがわたしをすき……？」

たどたどしい口調で呟《つぶや》いたりこの手から、力がすうっと抜ける。

抱き着いてくれていた温かい体が離れていく。

この行動がりこの返事なのだろうか……。

拒絶を受けたのかと思った瞬間、心も体も凍《こお》り付いた。

ところがりこは水たまりをぱしゃっと踏んで、俺《おれ》の前に回り込んできた。

雨に濡《ぬ》れたりこと目が合う。

「湊人くん、私のこと好きって言ってくれたの？」

まっすぐに問いかけられ、今更自分がすごいことをしでかしてしまったのだと自覚した。

遅れてやってきた羞恥心《しゅうちしん》に飲み込まれ、動揺《どうよう》が止まらない。

俺が慌《あわ》てふためいて口をパクパク動かしていると、さっきとは違い消え入りそうな声で言葉が添えられた。

「安心して……。私、勘違《かんちが》いしてないよ……？　好きって、友達として的な意味だよね。うん、わかってる。それでも十分うれしくて……」

りこはそう言って、気を遣っているのがわかる笑みを浮かべた。

もし、ここで俺が何も言わなければ、先走ってしまった告白をなかったことにできる。

現段階で何の勝ち目もないのに、好きだと言ってしまうなんてどうかしていた。

……そう、どうかしている。

それは重々わかっていた。

けれど、あのとき、あの瞬間、止められないほどりこを好きだと想った気持ちを否定することが俺にはできなかった。

「ごめん、りこ。違うんだ。友達としてじゃなくて、一人の女の子として俺はりこが好きなんだ」

「……っ。……うそ……」

目を見開いたりこが、両手で口を覆《おお》う。

突然こんな告白をされたら、驚《おどろ》くに決まっている。

俺は怯《ひる》む気持ちを必死に押しやり、両手の拳《こぶし》を握り締めた。

中途半端《ちゅうとはんぱ》なままでは終われない。

「りこに他に好きな人がいることは知ってる。だから、本当は振り向いてもらえるよう努力できたと思ったときに気持ちを伝えるつもりだったんだ。今日のデートもそのために頑張《がんば》ろうって考えていたせいで、すごく気負っちゃって……それで失敗しちゃったんだけど……」

体が強張《こわば》り、顔が火照《ほて》り、両足がわずかに震えている。

今までこんなふうに誰かに自分の胸の内を打ち明けたことなどないから知らなかったけれど、気持ちを口にするのって、とてつもなく怖い。

「今の俺じゃまだ全然りこに好きになってもらえないのはわかってるのに、そんな俺なのにりこが優しくてかわいくて……、どうしても好きだって言わずにいられなかった。――いきなり告白されて、戸惑《とまど》うよね。ごめん。でも、あの、応えてほしいとかそういうことじゃないから、安心して。ただ、気持ちを知ってもらいたかっただけなんだ。それで……、こんなこと言うのはおこがましいけど……俺、これからもっとりこに好きになってもらえるよう頑張るから、このまま好きでいることだけ許してもらえたら――」

「すき」

言葉を紡《つむ》ぐほどしどろもどろになっていく俺の告白。

後半になってどんどん声が弱くなり、消えてしまいそうになった時、りこが信じられない言葉をかぶせてきた。

「わたしもすき……。すき……！　湊人くんがだいすき……‼」

「えっ⁉　ええっ⁉」

なんだ。どうなってる……⁉

何が起きてるんだ一体⁉

混乱しまくっている頭で必死に考える。

考えるが、一ミリも理解できない。

だってりこが好きなのは俺じゃない他の誰かのはずで……。

なのになんで、俺のことを好きだって言ってくれてるんだ……。

気持ちを伝えて、りこからも気持ちが返ってくる。

そんな奇跡が起こるなんて微塵《みじん》も考えていなかったから、予想外の状況にまったく頭がついていかない。

「ちょ、ちょっと待って……⁉」

「むりだよ、待てないよ……！　うっ……うわーん……！」

「なっ、り、りこ……⁉」

「こんな夢みたいなことが起きるなんてどうしたらいいのぉ……！」

「わあああ、りこ⁉」

りこは天を仰《あお》ぐと、まるで小さな女の子みたいに声を上げて泣き出してしまった。

三章
リベンジ
初デート！

七話

通じあう想い

「ど、どどどうしよう……。りこ、ごめん、えっと、どうしたら泣き止《や》んでくれる……⁉」

りこの涙にオロオロしまくって、半歩踏み出す。

「ううっ、急に泣き出したりしてごめんなさい……。でも、うれしすぎて……。だって、え、夢じゃないよね……？　湊人《みなと》くん、私のこと好き……？」

涙をたっぷり浮かべた瞳《ひとみ》で不安げに尋《たず》ねられ、慌《あわ》てて首を縦に振りまくる。

ところが、それを見たりこの目からは、ますます涙が溢《あふ》れ出してしまった。

「うえーん、やっぱりだめーっ……。こんなの感動しちゃうよお……」

な、なんで……⁉

俺《おれ》はりこを泣き止ませたいのに、まさかの逆効果とか……‼

「あのね、私ね、ひっく……」

「うん」

「湊人くんのことほんとにほんとに大好きなの……ひっく……」

「……っ。で、でも……その……りこには他に好きな人がいるんじゃ……」

「え？　他って？」

うさぎのように真《ま》っ赤《か》な目をしたりこが、心底不思議そうに首を傾《かし》げる。

「りこ、七夕《たなばた》の日に言ってたよね……。好きだった相手とは、中学時代に再会したって……。

俺とりこは、その頃会ったことないよね……？」

「あっ」

突然、驚《おどろ》きの声を上げたりこが、信じられないくらい慌てふためきはじめた。

「そ、それはその……あの……っ」

その反応を見て、ひとつの推理が俺の脳裏《のうり》に自然と浮かんできた。

りこの好きな人はごくごく最近まで、例のA男だった。

でも、どこかのタイミングで奇跡的に俺に気持ちを移してくれた。

七夕の時点でもまだA男を好きだったはずだから、昨日、今日俺に心変わりをしてくれたのか、もしくはA男に片思いをしながらも、俺に少しずつ気持ちを移してきてくれているところだったか。

でも、そんなのはどうだっていいんだ。

ほんのわずかでも俺をす、好きだと思ってくれているのなら……!!

そのこと自体が俺にとってはありえない奇跡《きせき》なのだから。

「ごめん、言いづらいこと聞いて。最近、俺のことといいなって思ってくれるようになったってことだよね……？」

自分で口にすると現実味がなさすぎて不安になってくる。

だって、りこが俺を好きって……。

そんな夢みたいなことが起こったなんて……。

りこは申し訳なさそうに眉《まゆ》を下げて、小さな声で「そ、そういうことに……しておいてください……」と呟《つぶや》いた。

どうやら、俺の予想したとおりというわけではないらしい。

それでも全然いい。

りこが望むのなら、全然そういうことにしておく。

俺にとって大事なのはこれからなんだ。

……あれ、俺たち……両想いってことは……これは……つまり……？

「俺、りこと付き合えるの……？」

「私、湊人くんの彼女になれるの……？」

「……！　なってくれますか……俺の彼女に……」

「は、はいっ！　もちろんです……!!」

もうすでに結婚しているのに、これから恋人になるなんておかしな話だけれど。

そんな矛盾《むじゅん》なんて気にならないぐらいの喜びで気絶しそうだ。

と、そのとき、突然、背後《はいご》から拍手《はくしゅ》と歓声《かんせい》が聞こえてきた。

「え⁉」

「わあ⁉」

りこと二人、驚いて振り返ると、テラスの軒下《のきした》で雨宿りする観光客の皆さんが、満面《まんめん》の笑みを浮かべて手を叩《たた》いている。

うわっ……。今のやりとり全部聞かれてたのか⁉

自分たちのことで頭がいっぱいすぎてまったく気づかなかった。

「よっ、カップル誕生おめでとう！」

「若いっていいなあ！」

「彼氏くん、かわいい彼女をあんまり泣かせないようにな！」

そんな声を方々から掛けられた俺とりこは、真っ赤になってお互いの顔を見合わせた。

ただでさえ注目されていることになれていない俺は、穴があったら入りたいぐらい恥《は》ずかしかった。

それでも照れくさささより心を満たす幸せが圧倒的なのは、隣《となり》で照れているりこがくすぐったそうに笑いかけてくれるから。

「りこ、今日から改めてよろしく」

「こちらこそ……！　不束者《ふつつかもの》ですが末永《すえなが》くよろしくお願いします。——って、これを言うの二回目だね」

懐《なつ》かしそうにりこが目を細める。

その直後、気まぐれな夏の通り雨は、降りはじめた時と同じように唐突《とうとつ》な終わりを迎えた。

「あ！　見て、湊人くん！　虹《にじ》だよ！」

りこが指さすほうに視線を向けると、澄《す》んだ空の彼方に虹がかかっている。

俺たちの言葉につられて、観光客の皆さんもそちらに視線を向けた。

彼らが大喜びで写真を撮りはじめたおかげで、俺たちに注目する人はいなくなり、密かに安心する。

「すっかり濡れちゃったね。りこに風邪《かぜ》をひかせないか心配だ」

「私も湊人くんのことが心配だよ。わがままを言って、雨の中に引き留めたりしてごめんなさい……」

「りこ、謝らないで。そのおかげで、俺はりこに気持ちを伝えることができたから……」

「うん……」

恥じらうように頷《うなず》いたりこが、そっと俺の手を取る。

心が繋《つな》がり合ったからか、今まで以上にりこの体温を特別に感じた。

ずっとバクバク騒ぎ続けている心臓《しんぞう》が、ますますうるさくなる。

それもすべて、りこへの気持ちの証《あかし》だと思うと、嫌ではなかった。

「ねえ、湊人くん。この虹も、今日の奇跡も、私一生忘れないよ」

俺だって。

心に刻みつけて、一生の宝物にするよ。

言葉にはできない想いを込めて、りこの手を握り返すと、当たり前のように優しい温もりがきゅっと想いを返してくれた――。

りこの怪我《けが》を気遣《づか》いつつ、ふれあい牧場から帰宅した俺《おれ》たちは、雨に濡《ぬ》れてしまったこともあり、まず最初に風呂《ふろ》に入った。

夕食に関しては、りこがいつもどおり手料理を作ると言ってくれたのだけれど、怪我のこともあるし、一日遊びまわって疲れているはずなので、ファストフードのデリバリーを頼もうと提案した。

申し訳なさそうにするりこを説得したりとすったもんだあった挙句《あげく》、なんとか食事を済ませたのが七時過ぎ。

問題はそのあとだ。

ダイニングテーブルに向かい合って座った俺たちは、やたらともじもじしてしまいお互いの目を見れないでいた。

だって、昨日までの夜とは違うのだ。

今目の前にいるのは、初めての彼女になってくれた女の子。

好きな気持ちを隠して接していたときとは何もかもが違うから、どう振る舞えばいいのかわからない。

りこはどう考えているんだろう。

突然、態度を変えたら引かれるのか。

むしろそういう変化を望んでいるのか。

そもそも、恋人らしい態度がどんなものなのかほとんど想像ができないし、それがわかったところで俺に実践可能なのかどうかも怪しい。

腕《うで》を組んで考え込んでいると、不意に頰《ほお》を優しくむにっと押される感触がした。

驚《おどろ》いて顔を上げると、ダイニングテーブルに乗り出したりこが、指先で俺の頰をぷにぷにと押している。

えええっ、何そのかわいい行動⁉

動揺《どうよう》しまくっている俺に向かって、りこがいたずらっぽく笑う。

「湊人《みなと》くんが難しい顔をしてるので、ついちょっかいを出してしまいました。えへへ」

いや、動機もかわいすぎか‼

りこは一見いつもどおりに見えるけれど、ちょっとした瞬間、恥《は》ずかしそうに視線を落としたり、かと思えば熱のこもった瞳《ひとみ》で俺をじっと見つめてきたりして、明らかに今までとは様子が違っている。

そのせいで、ドキドキが止まらない。

「それで、湊人くんは何を悩んでいたの？」

椅子に座り直したりこが尋《たず》ねてくる。

一人で思い悩んでいても答えが見つかりそうにないので、ここは素直《すなお》に打ち明けてみようと思う。

デートの際、何もかも自分の中で完結しようとして、様々な失敗をしでかした結果から、俺は、一人で背負《せお》い込むことを努力と履《は》き違えてはいけないと学んだのだった。

「りこもなんとなくわかってると思うけど、俺、女の子と付き合ったりするのって初めてのことなんだ。それで……付き合うって具体的にどうしたらいいのかわからなくて……。りこはどんなふうに付き合いたいとかって希望ある？　もしよかったら教えてくれないかな」

「希望……」

りこはポッと頬を赤くしたが、考え込むこともなく答えを返してくれた。

「私もお付き合いって初めてで、どういうふうにしたらいいかわからないの。だから、湊人くんがしたいことをしてほしいな」

「俺がしたいこと？」

「あのね……わ、私っ……」

「うん」

「湊人くんにすべてを捧《ささ》げる覚悟はできているのです……！」

「ぶっ。りこっ、ななな何言って……⁉」

すっと立ち上がったりこが、ダイニングテーブルの周りを回って、俺のもとへとやってくる。

目の前に立ったりこにそっと手を取られると、破裂しそうなぐらい心臓《しんぞう》が騒いだ。

「湊人くんは恋人になった女の子とどんなことがしたい……？　教えて。全部叶えてあげたいの……」

「……っ」

熱を帯びて潤《うる》んだ瞳で俺を見つめながら、囁《ささや》くようにりこが言う。

好きな子にそんな言葉をかけられて、冷静でいられるはずがない。

俺はごくりと喉《のど》を鳴らした。

りこと一緒に寝ようとしたあの雷の夜のことが、当たり前のように思い出される。

『もしも今、湊人くんがムラムラしてくれていて……そ、その責任を私が取れるなら……私は大丈夫なの……』

そう言って迫ってきたりこ。

俺は、理性を総動員してりこに触れたい気持ちを抑えたけれど、今とあのときでは状況が全然違う。

あのときは、りこには他に好きな人がいたし、触れられても平気だと言いながらも、どこか寂《さび》しそうだったから。

俺とそういうことをしたら、りこが傷つくんじゃないかと思って、必死に耐えたのだった。

……でも、今のりこは俺の彼女で、俺をす、好きだと言ってくれている。

と、いうことは――。

え……俺ってもう、何も我慢《がまん》することなく、りこに触れてもいいのか……？

りこもいいって言ってくれてるんだし、問題ないんだよな……⁉

「り、りこ……俺からも手に触れていい？」

ドキドキしながら問いかけると、りこは恥ずかしそうに頷《うなず》いてくれた。

どうしよう。

死ぬほどうれしい。

でも、すごい緊張する……。

ぎこちなく手を動かして、俺の右手を握ってくれているりこの手の甲に指先で触れる。

「……んっ……」

りこの口から、小さく甘い声が漏れる。

「ご、ごめんなさい。ちょっとくすぐったくて……」

真《ま》っ赤《か》な顔になったりこが、同じぐらい赤い顔をしているであろう俺にそう訴えてきた。

「あの、でも……離さないでね……」

「いいの……？」

「ん……。このままがいい……」

俺はごくりと息を呑《の》み、りこの手を見下ろしてみた。

繋《つな》がれた手を握り返すのとはわけが違う。

自分から触れたという事実、それを許されたという現実が押し寄せてきて、胸がいっぱいになる。

触れることを好きな女の子から許可される、その喜びが絶大すぎてどうにかなりそうだ。

「はぁ……やばい……幸せすぎる……」

言うつもりのなかった本音が、勝手に口から零《こぼ》れ落ちた。

「ほんと……？　……それなら、ね……もっと触れて……？」

「……っ」

もっと……。

その言葉の裏に隠された意味を意識した途端《とたん》、喉がカラカラになってきた。

頭は熱に浮かされたようにぼーっとなってしまい、まともに回らない。

「……」

意識が動物的な何かに呑み込まれて、普段の自分ではなくなっていく。

りことキスをしたのはたった一度。

一瞬《いっしゅん》唇《くちびる》が触れ合っただけのそれは、りこが与えてくれたものだ。

俺からキスをしたことは、一度だってない。

りこと手を繋いだことも、まだ数えるくらい。

だから何をどうしたらいいのかわからない。

ていうか大事な過程を全部すっ飛ばして、ゴールに向かっている気がしないでもないが、そんなことを考えている余裕なんて皆無《かいむ》だ。

「りこっ……！」

獣《けもの》のように荒い呼吸を繰り返しながら、りこの肩《かた》を両手でガッと摑《つか》む。

そのまま勢い任せで、りこを床《ゆか》に押し倒した。

「きゃっ⁉」

さすがにいきなり床に倒されるとは思っていなかったのだろう。

バランスを崩《くず》したりこが、驚きの悲鳴を小さく上げる。

その瞬間、欲望に飲み込まれていた俺は我に返った。

「ごめん、りこ……‼　ああ、俺、なんてことを……‼」

「あっ、あのっ、私大丈夫だから……。ちょっと驚いただけなの……」

俺の真下にいるりこは、健気《けなげ》にもそんなことを言ってきた。

りこは真剣な顔をしていて、俺が望むのなら何をされてもいいと本気で思ってくれているようだった。

だからこそ、俺だってちゃんとりこの気持ちを思いやらなければいけなかったのに。

馬鹿《ばか》な俺は夢みたいな展開に浮かれすぎて、完全に我を忘れ、ただ自分の欲望のまま振舞ってしまった。

死にたい。

以前とは違って今はりこと付き合ってるからとか、今はりこが好きだと言ってくれているからとか、そんなものは自分勝手に振る舞っていい理由になんてならない。

しかも、冷静になった今ならわかる。

俺が何をしても受け入れる気でいるりこは、俺の下で身を固くし、このあと起こることを明らかに恐れている。

りこ自身はそれに気づいていないようだけれど。

怖くて当然だよな……。

りこは女の子だし、これまで男と付き合ったことすらないのだから。

なのに、俺のために受け入れようとしてくれていたんだ。

「本当にごめん。怯《おび》えさせるようなことをして後悔してる……」

りこの手を引いて体を起こす。

向き合って座る格好になると、りこは戸惑《とまど》ったように瞳を泳がせた。

「あの……私が変な声を出したから、雰囲気《ふんいき》台無しにしちゃった……？　ごめんなさい……。ほんとに私、全然大丈夫だから、続きを……してほしいの……」

「りこ、ありがとう。気持ちはほんとすごくうれしい。それで舞い上がってわけわかんなくなっちゃったぐらいだし。でも、前の時とは違う理由で、やっぱり俺たちにそういうのは早いと思うんだ」

「ど、どうして……？」

「だって、りこ、震えてるよ」

「えっ。あ、あれ……な、なんで」

本気で焦《あせ》っているりこが、泣きそうになりながら顔を歪《ゆが》める。

「ち、違うの。私、本当に湊人くんが好きだから、なんでもできるって思ってるのっ。待っててね。今、ほんとだって証明するね……！」

涙目で必死に訴えてきたりこは、何を思ったのか指先を自分のパジャマのボタンにかけた。

指が震えているせいで手間取りながらも、第一ボタン、第二ボタンが外される。

わけがわからずりこの様子を眺《なが》めていた俺は、そこでハッと我に返った。

「わあああっ！　りこ、だめ！　ストップー!!」

慌《あわ》てて手を振り回しながら、止めに入る。

「りこの気持ちはちゃんと伝わってるから！　だからこそ、俺はりこにすごく触れたいし。

けど、前にも言ったとおり、ただ体に触《さわ》れたらいいってわけじゃないんだ」

俺は、シャツの隙間《すきま》から見え隠れする胸の谷間から必死に目を逸《そ》らし、りこを諭《さと》した。

「俺にとって、何より大事なのはりこの気持ちで……なんて言ったらいいのか……ごめん、説明がへたくそで。ただ、俺たちまだ心が近づきはじめたばかりだって思っていて……。心が寄り添っていないのに、体だけ近づけようとしたら、俺絶対さっきのようにりこを傷つけちゃうし」

「私、湊人くんになら傷つけられてもうれしいよ……？」

「……っ。り、りこっ……そういうのは俺の頭がまた沸騰《ふっとう》しちゃうから言っちゃだめだ……。ていうか、俺はりこを傷つけたくないからね！　そういうのは絶対だめだ。俺はりこを死ぬほど大事にしたいんだから!!」

「あ、わああ……そんなこと言われたらキュンだよお……」

なんだか勢いに任せてとんでもないことを言ってしまった気がする。

目の前で頰《ほお》を両手で押さえたりこが、かわいいことを言って身悶《みもだ》えているし……。

「湊人くんに触れてもらえたら、絶対うれしいはずなのに……。ずっとそのことを夢見てきたのに、どうして私、触れ合うことを怖いって思っちゃうんだろう……」

俺の手をキュッと握りながら、りこが問いかけてくる。

俺だってりこに触れたいけれど、触れ方を間違えて傷つけないか死ぬほど怖い。

まだちゃんとりこの心に触ったことがないのに、心と体、どちらも大事にしながら同時に触れるなんてハードルが高すぎたのだ。

「多分だけど、俺たちどっちもまだ心の準備ができていないんだと思う。体だけ先走って、心を置いてけぼりにしたりしたら、心が怖がってもしょうがないよ」

「心の準備ってどうしたらできるかな……？」

「うーん、無理することじゃなくて、日々の積み重ねで自然とできるもんじゃないのかな」

「日々の積み重ね……毎日少しずつ触れるとか？」

「お、おそらく」

「なるほど……」

それまでしょんぼりしていたりこは、元気を取り戻したように微笑《ほほえ》んでくれた。

「それじゃあ私、これから毎日湊人くんに触って、少しでも早く心の準備が終わるように頑張《がんば》るね！　では、さっそく――ぴとっ」

俺に抱きついてきたりこが、そのまま俺の胸に頬をすり寄せてくる。

かわいくてどうにかなりそうだ。

しかも、さっきのようにりこが震えることはない。

「りこ、今は怖くないの……？」

「うん、今は平気。湊人くんの腕の中、すごく安心するの……。あ！　もしかして……」

「ん？」

「私から触れるのは怖くないのかも……」

「……！」

「ね、試しにキスしてもいい？」

「んんんっ⁉　い、いや、待った！　うれしいけど、今はだめだ……‼」

「……だめなの？」

「だ、だめです……！」

理性を総動員して、必死にかぶりを振る。

これまでの一連の流れを考えると、ここでキスなんかされたら、また理性が吹っ飛んでしまう恐れがある。

二度とりこを怖がらせないためにも、そんな事態は何が何でも避けなければいけない。

くっ……りこからのキスを諦《あきら》めることになるなんて……。

「残念だけど、わかりました……。また明日もキスしていいか聞くね」

「……⁉」

「これから毎日、キスしていいか聞いちゃおうっと！」

「……⁉⁉」

この感じだと、付き合う前と比べて毎日の生活がガラッと変わっていきそうだ。

二話

恋人同士の朝は甘々

俺《おれ》とりこが正式に付き合いはじめて数日。

りこは、最初の夜に宣言したとおり、毎日俺に触れてくるようになった。

それによってお互いの『心の準備レベル』が上がるかはわからないが、りこを好きな俺としては文句《もんく》なんて何一つなかった。

その日々がどんなふうか説明すれば、男なら誰でも「幸せすぎるだろ!」と思ってくれるはずだ。

たとえば、今日の朝を例に説明してみよう。

りこの作ってくれた朝ごはんを食べ終わり、俺が洗面所の前で歯を磨《みが》いていると、遅れてりこがやってきた。

付き合う前はお互いに遠慮《えんりょ》して、相手が洗面所を使っているときには立ち入らなかったのだけれど、一緒に洗面所を使うことの甘酸っぱい楽しさをりこが教えてくれたのだ。

りこは鏡越《かがみご》しに目があった俺にニコッと微笑《ほほえ》みかけると、「私も歯磨きしますー」と言いながら、じゃれるように抱きついてきた。

すでに歯を磨きはじめていた俺は、片手が塞《ふさ》がっているので抱きしめ返すことができない。りこは棒立《ぼうだ》ちになっている俺にひとしきりぎゅっとしがみついたあと、満足げに深く息を吐き、手を離した。

そのまま腕《うで》が時々触れる距離に立ったまま、隣《となり》で歯磨きをはじめる。

最初の数日はぶつかってしまうことを申し訳なく思い、腕や肩《かた》が触れるたび洗面所の奥へ詰めていったのだが、俺が進むほどりこはくっついてきた。

歯を磨き終わって会話ができるようになったところで、「離れちゃだめだよ。近くにいたいよお」と甘えるように言われて、初めてりこの意図に気づいた。

恋人同士は触れ合わないように気をつけるものではなく、触れ合う距離感で過ごすものなのだそうだ。

そう聞くと、くすぐったいような、恥《は》ずかしいような感情が込み上げてきた。

しかも、さらにやばいことに、りこは歯磨きをしながらも、空いている左手で時々かわいいいたずらを仕掛けてくる。

俺の制服のシャツを引っ張ってみたり、腰《こし》のあたりを指先でツンツンついてきたり。

もともとりこはとてつもなくかわいかったけれど、付き合いだしてからのりこのかわいさは際限がない。

見た目ももちろんのこと、行動が愛らしすぎて、どうにかなってしまいそうだ……。

◇◇◇

二人とも歯磨きを終えた後は、りこが俺の身だしなみをチェックしてくれる。

三年間も高校に通っているくせに俺はネクタイの結び方が下手《へた》で、これまでもりこが整えてくれていたのだけれど、付き合いだしてからは結ぶところからお任せしている。

「それじゃあ湊人《みなと》くん、いつもみたいに屈《かが》んでください」

「よ、よろしくお願いします」

りこの手が届くように屈む。

ネクタイを手にしたりこが俺の首筋《くびすじ》に手を伸ばしてくる瞬間は、何度経験してもやたらと緊張して、毎回思わず息を止めてしまう。

「うん、ばっちり！　次は髪《かみ》の毛をやるね」

そう言って、りこが俺の猫《ねこ》っ毛を優しく撫《な》でる。

「ふふっ。今日もかわいい寝癖《ねぐせ》がついてる」

「恥ずかしいな……。寝る時に気をつけてはいるんだけど、どうやって寝ても必ずついちゃうんだよね……。毎回手間をかけさせちゃってごめんね、りこ」

「えっ、どうして謝るの？　私は湊人くんの髪に触れられるこの時間がすごく好きなんだよお。それに湊人くんの寝癖も大好き。本当は直しちゃうのがもったいないぐらいだもん」

「そ、それはさすがに学校で恥ずかしいので……！」

「ふふっ、大丈夫、わかってるよお。それに湊人くんの寝癖姿は私だけのものなので、学校のみんなには見せてあげないのです」

何そのかわいい独占欲……⁉

他の生徒たちなんて間違いなく俺に興味なんて米粒《こめつぶ》ほどもないと思うけれど、そんなツッコミを入れている暇《ひま》もないぐらい、りこへのときめきが止まらない。

それからりこは俺の髪を丁寧《ていねい》に梳《と》かし、寝癖直しのミストをかけて、ドライヤーとアイロンできれいに整えてくれた。

ほんと、幸せすぎる……。

「りこ、毎日ありがとう」

「ううん。こちらこそありがとうなの。前よりもっと湊人くんに尽《つ》くさせてもらえるようになって、私とっても幸せ」

「俺はこんなに甘えちゃっていいのか心配になるよ……。いくら付き合って結婚してるとはいえ、遠慮《えんりょ》すべきところもあるんじゃないかなって……」

「……そ、それはだめ……！」

「でも、俺この調子だと自分で何もできない奴になりそうだよ」

「……私がいないと何もできなくなっちゃう湊人くん……。なにそれキュンキュンするよぉ……」

「り、りこさん……!?」

相変わらずりこの尽くしたがりな部分が前面に押し出されたところで、朝のタイムリミットが来てしまった。

◇◇◇

身だしなみを整えてもらったあとは、鞄《かばん》の中にりこの作ってくれたお弁当《べんとう》を詰めて、二人別々に家を出る。

付き合いだしたとはいえ、結婚していることも同棲《どうせい》していることも隠し続けなければいけないので、これぱかりはどうしようもない。

「それじゃあ、りこ。いつもどおり大船《おおふな》駅で待ってるよ」

「うん。五分後に追いかけるね」

いつもと同じやりとりを玄関《げんかん》先で交わしたところで、二人の間に少しの沈黙《ちんもく》が流れる。

「……今日もハグさせてもらっていいですか」

改めて確認されると恥ずかしくて仕方ない。

歯を磨いているときみたいに黙《だま》ってしてくれたほうが本当は気が楽なのだけれど、多分、りこは出かける間際《まぎわ》のこれを儀式《ぎしき》のように考えているのだろう。

それで、こうやって必ず確認してくるのだと思う。

尋《たず》ねるりこも耳まで赤くなっているので、俺が照れる様子を楽しんでいるわけではないことはわかった。

きっとりこなりに、心の距離を詰めようと頑張《がんば》ってくれているのだ。

だから、俺も勇気を出して応えるようにしている。

「えっと、ど、どうぞ」

腕を広げて、りこを迎え入れる態勢をとる。

そうするとりこがすごくうれしそうに笑ってくれるので。

今日もりこは幸せで仕方がないというため息をついたあと、俺の腕の中に飛び込んできた。

それから、十秒間、お互いのことをぎゅっとしてハグを交わし合った。

りこの心臓《しんぞう》の音がトクントクンと聞こえてくる。

きっと俺の心臓の音もりこに響いている。

ドキドキして、すごく恥ずかしくて、でも心地いい。

りこと触れ合うたび、そんな不思議な感覚に襲われるのだった。

「行ってらっしゃい、湊人くん」

「行ってきます、りこ」

これが毎朝の俺たちの過ごし方。

夜の日課では出迎えてくれたりこが、「お風呂《ふろ》、お食事、それとも私？」なる儀式《ぎしき》を真《ま》っ赤《か》な顔で恥じらいながら大真面目《まじめ》にやってくれるのだけれど、それはまた別の話だ。

四章
初めての
男女交際

三話

バカップルだとからかわれるのも意外と悪くない

夏風邪《なつかぜ》を引いて、数日間休んでいた澤《さわ》が久しぶりに登校してきた。

澤は、俺《おれ》がデートの相談をした直後から休んでいたので、まだデートの結果については話ができていない。

他人の恋愛事情をワイドショー感覚で面白がるようなところのある奴だが、なんだかんだ助言もくれたし、数少ない友人の一人だ。

相談に乗ってくれたお礼と、報告はきっちりしておきたい。

それから、澤だけではなく、かなりためになるアドバイスをくれた麻倉《あさくら》にも改めてお礼を言いたいと思っていた。

そんなわけで、澤と麻倉にデートの顚末《てんまつ》とお礼を伝えてもいいかりこに確認を取ったところ、なんとりこは「私も湊人《みなと》くんと一緒にありがとうを言いたいな」と返してきた。

直接相談に乗ってもらったのは俺だけだけど、澤と麻倉の助言もあって付き合えるようになったのだから、りこも二人には感謝しているのだという。

というわけで、久々に澤が登校してきたこの日の昼休み、俺たちは四人で昼飯を食べながら話をすることになったのだった。

◇◇◇

「こ、こここのメンツで集まるのって遠足のとき以来だね！　やーなつかしいなー！　なー！　新山《にいやま》、おまえもそう思うだろー！」

「う、うん。……ていうか澤、棒読みすぎるよ」

「仕方ないだろ……！　これでも精いっぱい頑張《がんば》ってるほうなんだよっ」

りこと麻倉を前にした途端《とたん》、澤が挙動不審《きょどうふしん》になるのは相変わらずだ。

俺もりこ以外の女子に対しては同じようなものなので、澤のことは言えない。

緊張でガチガチになっている俺たちの向かいで、女の子二人はそれぞれ全然違う反応を見せている。

「りこ、私の隣《となり》じゃなくて新山くんの隣に座ればいいのに。せっかく付き合ってるんだし」

「湊人くんの隣……！　それはうれしいけど、恥《は》ずかしいよぉ……」

「もう～！　りこってばほんと初心《うぶ》なんだから！　かわいいーっ。私が男だったら絶対付き合いたかった！　ん？　女でも付き合えるか？」

「ええっ、ちょ、麻倉!?」

りこのことをよく理解し、りこからもかなり信頼されている友人の麻倉がライバルに立候補したら、間違いなく俺に勝ち目はない。

慌《あわ》てまくってガタッと椅子《いす》を引いたら、麻倉は大声で笑い出した。

からかわれたんだと気づき、顔が一瞬《いっしゅん》で真っ赤《まっか》になる。

「ごめん……！　冗談だったのに、真に受けて騒いだりして……」

ぼそぼそと早口で謝《あやま》りながら、椅子に座り直す。

「あはは。私のほうこそからかってごめんねー。新山くんもスレてない反応返してくれるから、面白くってついからかっちゃうんだよね。何気にりこと新山くんって、そういうとこ似てない？」

「……！　ほ、ほんと……？」

俺が答えるより先に、りこが麻倉に問いかけた。

「うんうん、新山くんからデートのことを相談されたときにも言ったけど、二人とも純粋《じゅんすい》でほのぼのしてて、同じ空気醸《かも》し出してるよ。ね、澤くん」

「は、はいっ！　俺もそう思いますっ」

澤が必死の形相《ぎょうそう》で頭を縦に振りまくる。

麻倉の前の澤は、オウム返しマシーンになってしまうので、あまり参考にならないけれど、それでもりこはうれしそうにはにかみ笑いを浮かべた。

「湊人くんと似てるなんてうれしいな……。そういうのずっと憧《あこが》れがあったの。ほら、夫婦《ふうふ》っていつの間にか笑い方や顔つきが似てくるっていうでしょう？」

かわいく照れながらりこが言う。

りこの愛らしさを前に、俺たち三人はほわほわした気持ちになった。

数秒後、ハッと我に返ったように麻倉がツッコミを入れる。

「もう、りこったら気が早いんだから！　夫婦じゃなくて二人は恋人でしょー！」

「あっ……あ、あはは……そ、そうだった……。私ったら間違えちゃった。あはははー」

「りこ？　目が泳いでるけどどうしたの？　そんな動揺《どうよう》するところだった？」

「うえええ!?　泳いでないと思うよお!?」

ま、まずい。

りこのピンチだ。

「あ、あのっ、それより、ほら！　今日、澤と麻倉に時間をもらったことについて話してもいいかな!?」

「ぷっ、ちょっと新山くんってば。そんな慌ててりこを庇《かば》わなくても、これ以上いじめたりしないってー。まったく、ちょいちょい見せつけてくれるんだから」

見せつけたつもりなんてまったくないぞ!?

でも、とにかく麻倉が関心をこちらに向けてくれてよかった。

「えっと、澤と麻倉。こないだはデートの相談に乗ってくれてありがとう。澤が休んでたからお礼を言うのが遅くなっちゃったけど、二人には心から感謝してるよ」

「私からもお礼をさせてね。澤くん、レイちゃん、本当にありがとう。湊人くんと前より仲良くなれたのは二人のおかげです」

「改めてお礼を言われると照れるんだけど……」

「うんうん……」

麻倉と澤が照れくさそうに頭を掻《か》く。

二人の動きがシンクロしているのが少しおかしかった。

「ていうか、まるで結婚の報告されてるみたいじゃない？」

さっきのりこの発言が頭に残っていたのか、麻倉がとんでもないことを言い出す。

「……へっ⁉」

「……わあ⁉」

俺とりこは、思わず同時に声を上げてしまった。

「なんで結婚とか夫婦って単語が出るたび、二人とも過剰《かじょう》に反応するの？　ハッ、まさか――」

「えっ、な、何……」

「さてはあれでしょー！　社会人になったら結婚しようねー♥　みたいなやりとりをしてる

から照れくさいんでしょー！　もー！　このバカップルめー！」

「……っ」

からかうような表情を浮かべた麻倉が、りこの頬《ほお》を指先でぷにぷにと突く。

一瞬、バレたかと焦《あせ》ったが、勘違《かんちが》いをされているだけなのでとにかくよかった……。

ていうか、頬っぺたぷにぷにされてるりこ、かわいすぎるな。

いつもの癖《くせ》でポーッと見惚《みと》れてると、横から歯ぎしりをする音が聞こえてきた。

「ぐぬぬぬ……ずるいぞ新山……。……ちょっと前まで俺と同じ底辺で燻《くす》ぶってたのに……」

「お、おい？　澤、突然どうしたんだよ？」

「新山の幸せは俺としてもうれしい！　でも俺だって幸せになりたいよ！　新山みたいに幸せオーラ出しまくりたい！」

「えっ、俺そんなだった……？」

「そんなだった！　りこ姫もそんな新山のことうれしそうに見つめてるし!!　しかもまだ学生だってのに、結婚の話までしてるとか!!　バカップルめええっ！　うらやましすぎる！　俺も彼女ほしいーッッッ!!」

それまでカチコチになって固まっていた澤が、突然席を立って吠《ほ》えるように声を上げた。

本当に仲の良さを見せつける気なんて全然なかったのだけれど……。

澤には悪いが、バカップルと言われても悪い気がまったくしない。

それどころかちょっとうれしい……。
だって、りこと仲がいいって認められているみたいだし……。
なるほど、この発想、確かに俺はバカがつくほど浮かれてしまっているな。
でもずっと片思いをしていた高嶺《たかね》の花すぎる女の子の彼氏になれたんだ。
浮かれずにいるなんて無理な話だ。

四話

嫁と二人きりの部屋でお勉強

――片思いをしていた女の子と奇跡的に付き合えたのだから、四六時中浮かれてしまっても仕方ない。

なんて考えていたせいで、罰《ばち》が当たった。

「それじゃあ小テストを返すぞ。今回テストに出たところも期末の範囲だからな。間違えたところは、各自しっかり復習しておけよ」

教師の言葉に青ざめた俺《おれ》は、たった今配られた採点済みの小テストを見下ろしながら、はあっと重いため息をついた。

追試一歩手前の絶望的な点数。

今まで平均点ちょっと上くらいを維持してきた俺にとっては、初めて見るひどい点だった。

当然と言えば、当然の結果かもしれない。

小テストの前日、机《つくえ》に向かった俺の頭を占拠《せんきょ》していたのはりこのことだ。

というか、その日だけじゃない。

りこと付き合えるようになってから、毎晩、部屋で一人になるとりこのことばかり考えてしまって、学校の宿題もテストの勉強もまったく手につかなかった。

もうすぐ期末テストを控《ひか》えているというのに、これはよくない。

うちの高校の生徒は付属の大学に進学する生徒がかなり多いので、進学校に通う普通の高三に比べて、受験に対する姿勢がのんびりしている。

それでもさすがに学期末試験前には勉強にしっかり集中しないとまずいし、夏休みからはかなり本格的な受験モードに切り替える必要がありそうだった。

……とにかく、今日から気合を入れて勉強しないと……。

◇◇◇

小テストの結果を引きずりながら家に帰った俺は、落ち込んでいることをりこに一瞬《いっしゅん》で見破られてしまった。

頭の中がりこでいっぱいだったため、テスト勉強が手につかなかったなんて言ったら、間違いなくりこは自分のせいだと自らを責める。

もちろんりこのせいなんかじゃないし、そんなふうにりこに思わせたくもないから、俺は、テスト勉強に身が入らなくて散々な結果を出してしまったとだけ伝えた。

「――そんなわけで、今日からは気持ちをちゃんと入れ替えて、テスト期間終了までの間、頑張《がんば》って勉強するよ。小テストは内申書にそこまで響かないはずだけど、この時期の期末テストでひどい点を取るのはさすがにまずいから」

「そっか……。何か私が力になれることがあるといいな……。湊人《みなと》くんがテスト勉強に身が入らなかった理由って、なんだったのかな？」

「あっ、えっとそれはその……机に座るとぼーっとしちゃって、気づくと時間が経《た》っていたというか……。一人になると集中できなかったというか……」

「あ！　じゃあ、もし湊人くんがよかったら、私と一緒に勉強しませんか？」

「えっ⁉　りこと一緒に勉強⁉」

りこと並んで机に向かうことを想像しただけで、心拍数が速くなる。

苦痛の多い勉強時間も、りこが横にいてくれれば、それだけで天国にいるのと変わらなくなるだろう。

ただし、りこを想うあまり勉強に集中できなかったことを考えると、この話に飛びついていいのか迷うところだ。

でも、これまでりこが目の前にいて、上の空になったことなんて、今まで一度もなかったし……。

もしかしたら、一人で勉強するより却《かえ》って集中できるかもしれないな。

何よりも、俺はりこと一緒に勉強をするという時間を、どうしても体験してみたかった。

「えっと、あのっ、りこと一緒に勉強できるなんてうれしいよ」

「私も！　さっそく今晩から二人で頑張ろ！」

胸の前でガッツポーズを作ってみせるりこがかわいすぎる。

俺は自分がデレデレしていないか不安になりながらも頷《うなず》き返した。

◇◇◇

その晩。

夕食を終えた俺たちは、リビングのローテーブルに並んで座り、化学の教科書とノート、学校推薦の問題集を広げた。

勉強のやり方はりこと話し合い、二人同時に問題集の同じページに取り掛かって、どちらか一方にわからないところがあった場合、遠慮《えんりょ》せずに尋《たず》ねるという方法を取ることにした。

というわけで、時計を前にまずは一時間、問題集を解くことにしたのだけれど――。

「あっ、ごめん」

開始早々、りこと肘《ひじ》が軽く触れてしまった。

近くに座りすぎだったかな……。

慌《あわ》てた俺が距離を取ったら、りこが悲しげな声を上げた。

「え……離れちゃうの……？　寂《さび》しい……」

「……っ」

なんでそんなかわいいこと言うかな……⁉

「でも、ぶつかるたび、りこの集中力を削《そ》いじゃうと思うから……」

りこのためを思ってそう返したら、しょんぼりしたまま「はい……」と頷いた。

だめだ……。

そんな顔されたら、今すべき正しい判断などどうでもよくなってしまう。

俺がもとの位置に座り直すと、途端《とたん》にりこの顔に満面《まんめん》の笑みが広がった。

それからしばらくの間、俺たちは時折、体を触れ合わせてしまい、そのたびにお互い照れながら「ごめんね」「ううん、大丈夫」「えへへ」「あはは」というやりとりを何度も交わし合った。

当然ながら、毎回二人とも勉強の手が止まってしまったが、離れて勉強するより幸福度は圧倒的に高いし、おかげで二時間ぶっ通しで勉強をしていても、まったく疲《つか》れることがなかった。

これなら問題なくりことの勉強を続けられるかも……。

そう思いながら、隣のりこにちらりと視線を向ける。

りこはペンの動きを止めたまま、難しい顔をして問題集と睨《にら》めっこをしていた。

眉間《みけん》に皺《しわ》を寄せて険《けわ》しい顔をしているりこはかなりレアだ。

ちなみにそんな表情も底なしにかわいいのは言うまでもない。

数秒間、レアなりこに見惚《みと》れてしまった後、そんなことをしている場合ではないと我に返った。

「りこ、わからないところがあるの？」

問題に躓《つまず》いたら質問し合うことになってはいたが、りこの性格から遠慮してしまったのだろう。

俺のほうから問いかけると、りこは申し訳なさそうにこくりと首を振った。

りこは、容姿端麗《ようしたんれい》なだけではなく文武両道《ぶんぶりょうどう》のタイプで、学年テストでは毎回上位に名前が入っている。

ただ唯一《ゆいいつ》苦手な科目が化学らしく、高得点を取るために、他の科目の三倍も勉強しなければならないのだとさっき言っていた。

それならばと、俺は最初に取り掛かる科目を化学に指定したのだった。

「ここの問題の解き方が、途中からわからなくなっちゃって……」

「ちょっと見せて」

少し身を乗り出して、隣からりこの問題集を覗《のぞ》き込む。

ああ、なるほど。

「えっとね、これはcに関する二次方程式なんだけど、そこまではわかる？」

「うん」

「そしたら、まずこの数式を解いてcを求める。そうすると？」

「……［H＋］が導ける……？」

「そう！　あとはそこからpHを求めるだけだから。やってみて」

「うん……！　……あっ！　できたー！」

りこが喜びの声を上げて、俺のほうを振り返る。

問題集を見るため身を乗り出していた俺が、りこの言葉につられて顔を上げた直後、りこの唇《くちびる》が一瞬、俺の頰《ほお》に当たってしまった。

「……っ」

「あっ……」

間近で目が合ったまま、二人して息を吞《の》む。

「あ、あぁの、ごめんなさいっ……」

「いや、だ、大丈夫……」

「わざとじゃなくて……！」

「も、もちろんわかってるから……！」

「……でも、問題が解けたご褒美《ほうび》をもらえたみたいでうれしいな……」

「……っ⁉」

俺の頬に事故でキスしてしまったことが、りこにとってご褒美になるなんて。

到底信じられなくて、俺は瞬《まばた》きを何度も繰り返した。

「そうだ……！　私ったら、まだちゃんとお礼を伝えてなかったよね。今の問題、教えてくれてありがとう」

まだ照れたまま、りこがにこっと微笑《ほほえ》む。

「湊人くんの教え方すごくわかりやすくて感動しちゃった。学校の先生より上手《じょうず》だったよ」

「そんなまさか……」

「本当に！　こんなふうに教え方が上手な人初めて！」

りこから褒められて悪い気などするわけがない。

俺は照れ隠しに、後頭部を掻《か》いた。

「それに、難しい問題を簡単に理解できちゃう湊人くん、かっこよすぎだよぉ……」

「うわ、あ、え？」

「ふふっ。照れてる湊人くんも大好き」

「……‼」

「……ね、湊人くん……。もし、このあとまたわからない問題があって、それが解けるようになったら、そのたびお祝いにちゅってさせてもらえないかな……なんて」

頬をピンク色に染めたりこが、恥《は》ずかしそうにおねだりしてくる。
このあともまた、りことキ、キスする可能性がある……!?
そんな状況、幸せすぎるけど!!
勉強なんて絶対手につくわけないよな……!?

五章
プレ新婚旅行

一話

嫁と温泉旅行へ行くことになった

ずっと片想いをしていたりこと奇跡《きせき》的に思いが通じ合い、本当の恋人同士になれた日から数週間。

俺《おれ》とりこは夏休み前の学期末試験の勉強に追われ、忙《せわ》しない日々を過ごすこととなった。

この数週間がどれだけ長かったか……。

だが、しかし！　本日、ようやく全科目の試験が終わった！

そんな浮かれまくっている俺の元に、驚《おどろ》くべきメールが届いた。

＊＊＊＊＊＊＊＊＊＊＊＊＊＊＊＊＊＊＊＊＊＊＊＊＊＊＊＊＊＊

新山湊人《にいやまみなと》様

ムックカメラ藤沢《ふじさわ》店です。

このたびは『梅雨《つゆ》の季節にうってつけ！　快適プレゼントキャンペーン』にご応募くださいまして、誠にありがとうございました。

厳正《げんせい》に抽選《ちゅうせん》させていただいた結果、
今回、一等の『豪華　熱海《あたみ》温泉旅館一泊二日の旅』が当選いたしましたのでお知らせいたします。

発送は一週間後から一か月後となります。

楽しみにお待ち下さい。

なお、諸事情により多少前後する場合もございます。

あらかじめご了承ください。

引き続き当店をご愛顧《あいこ》いただきますよう、よろしくお願いします。

ムックカメラ藤沢店
URL：http://＊＊＊＊＊＊＊＊＊＊＊＊＊＊＊＊＊＊＊

＊＊＊＊＊＊＊＊＊＊＊＊＊＊＊＊＊＊＊＊＊＊＊＊＊＊＊＊＊＊＊＊＊＊＊

送り先の家電量販店名を見て、あっと声を上げる。

そういえばそうだ。

サーキュレーターを買った時に温泉旅行の抽選券を二枚もらい、りこと二人で遊び半分に応募したのだった。

とりあえず、りこに報告に行こう。

自室を出てリビングに向かうと、ローテーブルの前に正座《せいざ》をして洗濯物にアイロンをかけているりこの姿があった。

「なあ、りこ、大変だ！」

「うん？　どうしたの？」

エプロンを身にまとったりこが顔を上げてふわっと笑う。

新妻《にいづま》姿が今日も相変わらずかわいすぎる。

こんな子が俺の嫁《よめ》なうえ、彼女なんて本当に信じられない。

夢なんじゃないかと思った回数は計り知れず。

「湊人くん？」

「あ、ごめん！　りこがかわいくて見惚《みと》れてた」

りこが彼女になってくれたおかげで変わった点はいくつもあるけれど、そのうちのひとつがこれだ。

りこに対する好意を隠さなくてよくなったこと。

もちろん照れくささはあるけれど、気持ちを伝えても嫌《いや》がられない、それどころか受け入れてもらえるのがうれしくて、想いを言葉にしないでいることなんてできなかった。

俺の言葉を聞いたりこは、首まで真《ま》っ赤《か》になっている。

「湊人くんにかわいいって言ってもらえるなんて……。うれしいけど恥《は》ずかしいよお」

「うっ。照れてるりこもかわいすぎる」

「ひゃあああっ。待って！　私のことドキドキさせすぎちゃだめ……」

「だめ、ってことはこういう俺は嫌？」

もしりこが嫌ならすぐに直さなくては。

そう考えて慌《あわ》てて尋《たず》ねると、真っ赤な顔で困《こま》り眉《まゆ》になったりこがふるふると首を横に振った。

「嫌なわけないよ。どんな湊人くんも好き……」

「俺も……！　どんなりこも好きだから！」

「わああ、もうっ！　ドキドキさせすぎるのは禁止だよおお！」

お互いに照れてしまい、数秒間黙《だま》り込んだ後、同時にふふっと笑う。

「えへへ、湊人くん、こういうの照れちゃうね」

「あはは、たしかに。でも幸せだ」

「うん。幸せすぎてふわふわしちゃう」

俺たちの周りに満開の花が舞っているような錯覚《さっかく》を覚える。

こんなバカップルのようなやりとりをりことできるようになるなんて。

神様、本当にありがとうございます……！

「ところで湊人くん、何か話があったんだよね？」

「そうだ！　実は――」

りこの言葉でようやく本来の目的を思い出す。

家電量販店の抽選で温泉旅行が当たったことを話すと、りこは俺のもとまで駆け寄ってきた。

「二人で温泉旅行って！　そ、それはつまり⁉」

「つまり？」

「プレ新婚旅行に行けるってことですか！」

「プレ新婚旅行‼」

なんて魅惑《みわく》的な言葉だ。

「どうしよう、湊人くん……！　うれしすぎる！」

はしゃいだりこが俺の手を両手できゅっと握《にぎ》って、ぶんぶん振り回す。

いや、かわいすぎるだろ⁉

りこの愛らしさが炸裂《さくれつ》して、俺の心臓《しんぞう》は瀕死《ひんし》状態に陥《おちい》った。

二話

新山りこという名前

そんなわけで、俺《おれ》たちは届いた招待券を手に、熱海《あたみ》の温泉旅館へやってきたのだった。

それにしてもまさかりこと旅行ができるなんて……。

ひとつ屋根の下で生活しているとはいえ、旅行となるとまた話は違う。

しかもりこがプレ新婚旅行という表現をしてくれたから、どうしたって過剰に意識してしまい、浮き足立った。

こんな経験ができるなんて、数週間前までまったく想像したことがなかったし、なんとも不思議な感じだ。

りこが俺を好きだと言って気持ちを返してくれた時から、信じられないくらい幸せな出来事が続いている。

ずっと夢現《ゆめうつつ》状態というか、幸せすぎて現実感がなさすぎる……。

一泊するための荷物が入ったバッグを手に旅館の受付に向かって歩いているときでさえ、これが現実だとは思えない自分がいた。

受付の担当者は、二十代半ばくらいの優しそうな女性だった。

送られてきた招待状を差し出すと、歓迎の言葉を伝えられ、宿泊者名簿への記入を求められた。

まずは自分の名前を。

新山湊人《にいやまみなと》

次にりこの名前。

花江《はなえ》りこ

「湊人くん！　違う違う！　私も同じ苗字《みょうじ》になったんだよ」

「あっ！　そうだった！」

学校でのりこは旧姓《きゅうせい》を使ったままなので、うっかりしてしまった。

間違えた名前は斜線《しゃせん》で消し、その横に正しいりこのフルネームを書き直す。

新山りこ

「……」

その文字の並びから、りこと結婚していることを実感できて、猛烈《もうれつ》に顔が熱くなる。

俺とりこのやりとりを見守っていた受付の女性は、俺たちが最近入籍したばかりの若夫婦《わかふうふ》だと理解したのだろう。

微笑《ほほえ》ましいという表情で俺とりこを見てから、旅館のサービスについて説明をしてくれた。

「ただいま、女性のお客様向けサービスとして、無料で色浴衣《ゆかた》をご用意してございます。お好みの柄《がら》を選んでいただけますし、すぐそこのお土産《みやげ》コーナーの先に展示スペースをご用意してございますので、もしよろしければ奥様、是非ご利用くださいませ」

「奥様……」

小さい声で呟《つぶや》いたりこが、ポッと赤くなって瞬《まばた》きを繰り返す。

恐らくさっきの俺がりこと同じ苗字であることにドキッとしたように、りこも奥様という単語から俺たちが結婚している事実を意識してしまったのだろう。

りこの反応を見ていたら、俺までまた恥《は》ずかしくなってきた。

「りこ、せ、せっかくだから利用させてもらったらどうかな？」

「う、うん。かわいい浴衣うれしいな」

ぎごちない会話を交わす俺たちを見て、受付の女性の見守るような笑みが深くなる。

初々《ういうい》しいとか思われてるんだろうな……。

恥ずかしすぎる……。

◇◇◇

それから、りこの浴衣を二人で選び、案内係の人に連れられて本日泊まる部屋へと向かった。

案内人と入れ違いで現れた仲居《なかい》さんに緑茶《りょくちゃ》と茶菓子を出してもらい、食事の時間を決め終えると、そこからは静かな和室にりこと二人きりだ。

「ねえ、湊人くん。おうちで一緒にいる時とはやっぱり違うよね。なんだか緊張しちゃうな」

向かいの席に座ったりこは、恥ずかしそうに指先を擦《す》り合わせている。

俺も落ち着きなく湯呑《ゆのみ》をいじりながら頷《うなず》き返す。

付き合いはじめた夜のぎこちない空気とどこか似ている。

「プレ新婚旅行だから、いつも以上に湊人くんを意識しちゃうのかも。……それに今の私たちは恋人同士でしょう……?」

りこは畳《たたみ》の上に視線を向けてから、布団《ふとん》のしまわれている押し入れを振り返り、恥じらった瞳《ひとみ》で俺を見つめてきた。

「何かが起こっちゃったらどうしよう……?」

「……っ⁉」

り、りこさんッ……⁉

何かって何が……⁉

りこは嫌《いや》がるようなそぶりをまったく見せない。

むしろ、恥ずかしがりながらも、どことなくその何かを期待するような目をしている。

そういえば俺の大好きなこの子は、時々とんでもない爆弾を投げてくるのだった。

五章
プレ新婚旅行

三話

足湯でいちゃいちゃ

温泉旅館にチェックインをしたのが午後三時。

部屋出しで提供される夕食まではまだかなり時間があるため、俺《おれ》たちは宿の周辺を散策《さんさく》することにした。

部屋に置かれていた観光マップには、近場にある足湯の位置が記載されていたので、そこに寄ってみるつもりだ。

あのまま、りこと二人きりの部屋にいたら、夜のことばかり考えてしまっただろうから、外に出てみないかとりこに誘われたときは、内心かなりホッとした。

多分、部屋が和室なのもいけないんだよな……。

フローリング張りの洋室とは違い、畳《たたみ》の敷《し》かれた和室には、際どい状況を作りやすい雰囲気《ふんいき》があった。

そのうえ、りこがあんなことを言ってくれるから……。

りこの言葉を思い出した途端《とたん》、顔が沸騰《ふっとう》したかのように熱くなる。

こんなで俺、今晩を乗り切れるのかな……。

まったくもって自信がない。

「あ！　見て、湊人《みなと》くん！　足湯ってあれじゃないかな？」

りこがはしゃいだ声を上げて、坂の向こうに現れた施設を指さす。

一見、公園のような作りのそこは、一般に無料で開放された足湯施設だ。

敷地内に入ると、俺たちの他にも、すでに何組かの観光客がすでに足湯を楽しんでいた。

施設内にある足湯は、それぞれひとグループで使うのがちょうどいいくらいの広さだったし、植木やあずまや風の柱を用いて、プライバシーが守れる程度に目隠しがなされていたので、先客の存在を気にする必要は全然ない。

俺とりこは、施設の奥側にある木々に囲まれた小さな足湯を選んだ。

「りこ、靴《くつ》はこっちの棚《たな》に置けばいいみたいだ。それと、荷物と靴下《くつした》を入れる用のかごも用意されてるよ」

「ほんとだ！　──ありがとうございます」

ここにいない誰かに向かってお礼を言うりこを愛《いと》しく思いながら、彼女の隣《となり》で靴《くつ》と靴下を脱ぐ。

りこも俺に倣《なら》って、同じように靴と靴下を脱いだ。

今日のりこは珍《めずら》しくちょっとだけスポーティーな格好をしていて、白いスニーカーに水色のカプリパンツを合わせている。

りこはどちらかというと、かわいらしくてふわふわした印象の服装を好むので、すごく新鮮だった。

でも、もともとの雰囲気が女の子っぽいからか、ボーイッシュな格好をしていてもまったく中性的には見えないし、なんだったらギャップのおかげでいつもより輪をかけて華憐《かれん》に見えるぐらいだ。

結局、りこが着ていたらどんな服でも底なしにかわいいのだけれど。

「このままだと濡れちゃうから、私も湊人くんみたいに裾《すそ》をまくらないと」

「あ！　う⁉　そっか、そうだね……！」

俺の目の前で、身を屈《かが》めたりこがカプリパンツの裾を折っていく。

そのたび、少しずつりこの白いふくらはぎが俺の視線にさらされた。

りこがスカートを履《は》いているときには当たり前に露出している部分なのに、いけないものを見ているかのような気になって、俺は慌《あわ》てて視線を逸《そ》らした。

……いや、だって目に毒すぎるよ……！

しかも、またうっかりと夜のことを思い出してしまい、心臓《しんぞう》の鼓動《こどう》がやたらと激しくなった。

「湊人くん、入ってみよ！」

「う、うん！」

俺の動揺にまったく気づいていないりこは、無邪気《むじゃき》に喜びながら指先を足湯に浸した。

「はわぁ、どうしよう……。気持ちいい……」

「……っ」

だめだ……。なんかもう、全部、へんなふうに捉《とら》えてしまう……。

俺の心、桃《もも》色に染まりすぎだ……。

「ね、ね！　並んで座ろ？」

もはや無言でぶんぶんと頭を縦に振り返すことぐらいしかできない。

りこは俺の隣に座ると、じゃれつくように指を絡《から》めてきた。

透明《とうめい》な湯の中では、りこの細い足がゆらりゆらりと揺れている。

右隣から伝わってくる熱も、視界に入ってくるりこの素足《すあし》も、今の俺にとっては甘い毒すぎてうまく息ができない。

「……えへへ。なんか照れちゃうな」

「え？」

「だって、足だけだけど、湊人くんと一緒にお風呂《ふろ》入っちゃった……」

「……！」

「……いつか本当の新婚旅行に行けたときには、一緒に露天《ろてん》風呂に入りたいな……」

「り、りこぉ⁉」

「『お背中《せなか》お流ししますね』って言って、もこもこにした泡で湊人くんの体の隅々《すみずみ》まで洗ってあげたいの」

だあああああああああ、もう、りこさん!!

「ドキドキしちゃうけど、楽しみだなあ……って、あれ？　湊人くん……⁉」

「りこさん、俺もうさすがに許容量を超えました……」

両手で顔を覆《おお》って、木の床《ゆか》の上に仰向けに倒れ込む。

さすがプレ新婚旅行。

想像していた以上の破壊力だ……。

四話

浴衣と膝枕の思い出

その後の俺《おれ》は、りことの夜をどういうふうに過ごすのが正解なのかで頭がいっぱいになってしまい、部屋出しの豪華《ごうか》な料理を味わうどころではなかった。

しかも、温泉に浸かってる間もグルグル悩《なや》みまくったせいで、のぼせて倒れるという失態《しったい》をおかした。

部屋まで運び込まれた俺は今、浴衣《ゆかた》を着たりこの膝枕《ひざまくら》で横になっているところだ。

「りこ、ほんとごめん……。俺のせいでこんな感じになっちゃって……」

「ううん。それより、湊人《みなと》くんが頭を打ったりしなくてよかったよぉ」

「心配かけちゃったこともごめん……」

「もう湊人くんってば謝ってばかり」

団扇《うちわ》で扇《あお》ぎ続けてくれているりこのことを見上げると、穏《おだ》やかで優しい顔をしたりこが俺を見つめ返してくる。

湯上《ゆあ》がりのりこは、頬《ほお》や首元がうっすらと赤くなっていて、すごく色っぽい。

のぼせてしまった体から熱を冷まさなければいけないというのに、りこを見るたび、心臓《しんぞう》が騒いで、なかなかうまくいかなかった。

……だって、浴衣姿のりこかわいすぎるし……。

二人で選んだ薄桃《うすもも》色の浴衣は、柔《やわ》らかい印象を与えるりこにとてもよく似合っていた。

浴衣だけではなく、珍しくひとつにまとめられた髪《かみ》も、耳の横に流れた後れ毛も、お風呂《ふろ》上りの甘いような匂《にお》いも、気遣うような優しい眼差《まなざ》しも、りこから香り立つ様々な魅力が俺をドキドキさせてくるのだ。

「具合はどう？　少しはよくなったかな？　あ、でもまだ起きちゃだめだからね？」

りこはそう言いながら、俺のことをとことん甘やかして、乱れていたらしい前髪を指先でそっと直してくれた。

くすぐったくて少し目を細める。

こんなに幸せでいいのだろうか。

もちろん旅先での夜という特別な時間を台無しにしてしまったことに対する申し訳ないという気持ちは際限なく湧《わ》いてくるけれど、その感情まで抱擁《ほうよう》するかのような喜びをりこが与えてくれるのだ。

「湊人くんが眠くなったら教えてね。電気を消して寝る準備をするから。今日はこのままゆっくり休んでね」

「だけど……」

「しーっ」

申し訳なさすぎて反論しようとした俺の唇《くちびる》に、りこが人差し指を押し当ててくる。

「今日は並んで寝ようね。それで、もしよかったら手を繋《つな》いでほしいんだ」

「……！」

「……だめ？」

「だ、だめじゃない……！」

「うれしい！」

「でも、ほんとろくな思い出作りをできなくてごめん……」

「え？　今、こうやって湊人くんに膝枕させてもらえてるのも、私にとってはすごく特別な思い出だよ？　……それに、体調を崩《くず》している湊人くんにこんなことを言ったら不謹慎《ふきんしん》だけど、そのぉ……湊人くんの浴衣姿かっこよすぎます……」

「……っ」

まさかりこがそんなふうに思ってくれていたなんて……。

びっくりしすぎて返事ができない。

いつだって俺の情けないところもダメなところも包み込んでくれるりこ。

こんな最高なお嫁さんと彼女は、世界中どこを探したってきっと見つからない。

そんなりこと巡り会えた運命に感謝しながら、俺は柔らかい温もりの上でそっと目を閉じた。

どうか、これから先もこの幸せな日々がずっと続いていきますように。

五章
プレ新婚旅行

五話

明け方、一つの布団

りこと布団《ふとん》を並べた状態では、一睡《いっすい》もできるはずがない。

そう思っていたのに、のぼせてしまって体調が万全でなかったせいか、どうやら俺《おれ》は知らない間に寝落ちしていたらしい。

あれっと思って目を開ければ、泊まっている和室の中はうっすらと明るくなりはじめていた。

あ、そっか。ここ、旅館か……。

ぼーっとした頭の片隅《かたすみ》でそんなことを考えながら、視線を下ろすと。

「……って、おあっ⁉」

叫び声を上げかけ、慌《あわ》てて飲み込む。

な、なななんでこんなことに……⁉

俺が慌てまくっているのは仕方のない話だ。

だって、昨晩は隣《となり》の布団にいたりこが、なぜか今は俺の腕《うで》の中にいるのだから。

台風の夜、寝ぼけたりこと添い寝をしたことはあるが、あのときとはまた全然状況が違う。

こ、れ……俺はどうしたらいいんだ……。

茫然《ぼうぜん》としながら、腕の中にすっぽり収まったりこを見下ろす。

すーすーっとかわいい寝息をたてているりこ。

規則的に上下する浴衣《ゆかた》の胸元は寝乱れていて、到底直視できるような状態ではない。

しかも、この体勢……っ、やばいな……。

りこの吐息《といき》が胸元にあたって、妙《みょう》な気持ちになってしまう。

……だめだ。起きよう……!!

俺が体を起こそうとして身じろぎをしたら、りこが甘えるような声で「うーん……」と呟《つぶや》いた。

「……っ」

りこのこんな声を聞くのは初めてで、全身に静電気のようなものが走り抜けた。

早く布団から抜け出さなければ。

いや、でも今下手《へた》に動いたら、色々とアレかもしれない……!!

俺が混乱して固まっていると、不意にりこが瞳《ひとみ》を開けた。

「湊人《みなと》くん……?」

寝起きの掠《かす》れた声でりこが俺の名前を呼ぶ。

「お、おはよう……」

俺のほうは、そう挨拶《あいさつ》を返すだけで精いっぱいだ。

りこは数秒間ぼんやりと俺を見つめた後、あっと声を上げた。

「ひゃあ⁉　寝顔、恥《は》ずかしい……っ」

慌てて布団を引き寄せたりこが、鼻先《はなさき》まですっぽりと布団をかぶってしまう。

かっ、かわいすぎる……。

「あ、えっと、湊人くん、おはよう……。えへっ……。やっぱりこれ恥ずかしい……」

目だけしか見えなくても、布団の中でりこが照れ笑いを浮かべているのがわかった。

「……恥ずかしいけど、でも、うれしいな……」

「うれしい？」

「うん……。だってね、本当の新婚旅行の朝みたい……。目覚めたら、大好きな人の顔が目の前にあるなんて幸せすぎるよぉ」

りこの言葉を聞いている間に、どんどん俺の顔は熱くなっていった。

このまま布団の中にりこといるのは、どう考えてもまずい。

何か、自然に起き上がる理由を作らなければ……‼

「あ、そ、そうだ！　せっかく早起きしたし、もう一度、温泉入りに行ってくる？　昨日の夜は俺がぶっ倒れちゃったせいで、ほとんど旅行らしいこともできなかったし」

「んーっと……湊人くんは温泉もう一度入りたい？」

「いや、俺はどっちでも。りこに任せるよ」

「それじゃあ、私はこのまま朝食の時間まで、湊人くんといちゃいちゃしていたいなあ」

「……なっ⁉」

「だって、新婚旅行の醍醐味《だいごみ》と言ったら、夫婦《ふうふ》でいっぱいいちゃいちゃできることでしょう？」

「そ、それは……っ」

「今回はプレ新婚旅行だから、いつかの本番に備えて、いちゃいちゃする練習もしておいたほうがいいと思うの。いつものように心の準備だよぉ」

「な、なるほど……⁉」

慌てすぎて、りこの発言の意味をしっかり理解できなくなってきた。

ていうか、りこが『いちゃいちゃ』という単語を使うたびに、呼吸が乱れるほどドギマギしてしまうのだが……！

「心の準備、大切だよね……？」

「それはたしかに大事だ……」

頭が回らないまま同意すると、目の前のりこがうんうんと頷《うなず》く。

「でしょう？　だから、ね？　私ともっとぎゅってしよう？」

「……っ‼」

その言葉を合図に、りこが俺の首に手を回して抱きついてきた。

ただでさえ近かったりことの距離が、一瞬《いっしゅん》でなくなる。

こんなとき浴衣の防御力はゼロに等しくて、布団の中、乱れた裾《すそ》の中で俺とりこの生足《なまあし》が
ぴったりと密着した。

「わあ、ごめん⁉」

慌てすぎたのがいけなかったのか、体を避《よ》けようとしたら、却《かえ》ってりこの足に自分の足を
絡《から》める事態になってしまった。

りこの生足はすべすべしていて、まるで吸い付いてくるかのようだ。

や……ばい……。

心臓《しんぞう》と頭と鼻の奥が沸騰《ふっとう》する……。

ん？　なんで鼻の奥まで熱いんだ？

そう思った瞬間、つーっと何かが流れて落ちてきて――。

「きゃああ湊人くん、大変！　鼻血が……！」

昨日のぼせたことに引き続き、今度はりこの生足に興奮するあまり、鼻血を出して失神し
かかるという失態を起こすことになった。

いつか本当の新婚旅行が実現した際には――。

何をやっても失敗しまくる残念な今の俺から、少しは成長しておきたい。

本気でそう思いながら、俺はまたもやりこの甲斐甲斐《かいがい》しい看病《かんびょう》を受けることになったのだった。

両片思い時代のいちゃいちゃこばなし集

we started a so sweet newlywed life.

【こばなし一　くちびるとハチミツ】

「りこ、それ何？」

「これ？　これはリップバーム。指先ですくって唇《くちびる》に塗《ぬ》るの」

「へぇ。軟膏《なんこう》みたいな感じかな。そろそろ乾燥《かんそう》する季節だもんね」

「うんうん。リップクリームより保湿《ほしつ》効果が高いからオススメだよぉ。それにね、おいしそうな香りもするの」

「おいしそうな香り？」

「うん、えっとね」

にっこりと笑ったりこがリップバームを人差し指で掬《すく》う。

「湊人《みなと》くん、少しだけ動かないでいてね」

「えっ？　……って、りこ!?」

りこがこちらに向かって手を伸ばしてくる。

反射的に固まると、彼女の指先がそっと俺《おれ》の唇に触れてきた。

まるで真綿《まわた》でくすぐられているみたいに、唇を優しく撫《な》でられる。

めちゃくちゃドキドキして、胸が苦しい。

リップバームを塗ることに集中しているりこは、俺の唇をじっと見つめていてそれがまた心臓《しんぞう》に悪い。

しかも極めつけに……。

「うん、塗れた！　湊人くん、ハチミツの香りがするのわかる？」

「えっ、えっと……」

正直香りどころではない。

俺がしどろもどろしていると、さらに一歩踏み出して背伸《せの》びしたりこが、クンとかわいらしく匂《にお》いをかいできた。

「わぁ。湊人くん、おいしそうな匂い」

「……!!」

自分の唇を掌《てのひら》で覆《おお》った俺は、ついに堪《こら》えきれなくなり、その場にしゃがみ込んでしまった。

◇◇◇

【こばなし二　嫁《よめ》が手作りしてくれた献立《こんだて》】

「あ！　湊人くん、ちょうどよかった。来月の献立《こんだて》作ってみたの。もしよかったら意見をもらえないかな？」

「献立⁉　わっ、手作りなんだ⁉　花とか動物とか書いてあってかわいいな」

「えへへ、なんか照れちゃうよぉ」

「メニューの内容は……って、これ俺の好物《こうぶつ》ばかりじゃないか……？　それなのに内容が偏《かたよ》ってないし、すごい健康に気を遣って考えてくれてるよね……」

「旦那《だんな》様には毎日おいしいものを食べて、元気に過ごしてほしいのです」

「……っ。そ、そっか。ありがと……。でも、作るの大変だったんじゃない？　ここまで手が込んでたら時間だってめちゃくちゃかかっただろうし。あのさ、りこ。主婦業をがんばってくれるのはうれしいけど、りこの時間はりこの好きなことに使っていいんだよ」

「うん？　私好きなことしてるよ？　湊人くんのために尽《つ》くすことが、私が一番やりたいことだもの」

「……！　ああ、もう……なんでそんなこと言ってくれるんだよ……」

「湊人くん？　急に顔を覆《おお》ってどうしたの⁉　具合が悪いの⁉」

「いや、元気。元気だけど……りこが尊《とうと》すぎてつらい……」

「え⁉　ええっ⁉　そ、それどういう意味……⁉」

「……内緒デス」

「ええーっ⁉」

◇◇◇

【こばなし三　おはようのキスをしたい】

「湊人くん、起きて？」

「うー……」

「ふふっ、すごく気持ちよさそうに眠ってる。……本当はこのまま寝かせておいてあげたいけど、学校に遅刻《ちこく》しちゃうし……。湊人くーん？　起きてくださーい」

「うんー……」

「今日はいつもよりお寝坊《ねぼう》さんですねえ」

「うんー……」

「うんって言ってるけど、絶対寝ぼけてるよね……。でも、そんな湊人くんもかわいくて好きだなあ」

「うんー……」

「……！　…………湊人くん、好きだよ？」

「うんー……」

「……っ。わああああっ……。これは心臓《しんぞう》に悪すぎるよぉ……。……だけど、あと一回だけ……。湊人くん、起きてくれないと、また唇奪《うば》っちゃうよ……？」

「う……。……うん？　…………。……!?　り、りこ今……なんて……」

「……!!　もしかして、湊人くん、最後のだけ聞こえてたの……!?」

「最後かわからないけど……え、今の俺の夢……？」

「……夢じゃないです……。ごめんなさい。ほんの出来心で、寝ぼけてる湊人くんにキスしてもいいか聞いてしまいました……」

「……!!!!」

「眠ってる人にキスしていいか聞くなんてだめだよね……。反省しました……。今度はちゃんと起きてるときにチャンスを狙うようにするね」

「……!!!!!!」

とある朝の出来事でした。

◇◇◇

【こばなし四　耳そうじ】

勝った側が望みを一つ叶《かな》えてもらえる。

そんないつもの条件のもと、りことボードゲームをしたら――。

なんと前回、膝枕《ひざまくら》をしてもらった時に続いて今回もりこが勝者となった。

というわけで、またひとつりこのお願いを聞くことになったのだけれど……。

「ま、待った……。これ……、ぞわぞわする……っ」

「こーら、湊人くん。動いたらだめだよぉ。私に任せて湊人くんはじっとしていてね？」

「う、うん……」

「……ふうー……」

「ひあ⁉　りこ、今、耳に息を……⁉」

「ふふっ。くすぐったい？」

「くすぐったいし、なんかやばい……！」

「もう少し奥までしてもいい……？」

「……っ。だ、大丈夫……」

「湊人くん、緊張してるの？」

「それは、まあ……。りこは……うれしそう？」

「うん。すごくうれしい。だってね、ずっとしてみたくて夢みてたの」

「誰かにしたことないの？」

「もう、湊人くんったら。私の初めてはなんでも全部湊人くんだよ？」

「……っ」

何してるかって、耳そうじなんですけどね！

あとがき

AFTERWORD

we started a so sweet newlywed life.

こんにちは、斧名田《おのなた》マニマニです。

このたびは『尽《つ》くしたがりなうちの嫁《よめ》についてデレてもいいか?2』をお手にとっていただきありがとうございます。

この2巻が出せたのは、応援してくださった皆様《みなさま》のおかげです! 本当にありがとうございます。

今回はそんな読者の皆様に楽しんでいただけることを願って、1巻よりもイチャイチャマシマシの内容になっています。りこちゃんの大好き攻撃もさらにパワーアップしました。

とくにこの巻では、恋人としてデートを重ねる様を意識して描《えが》いてみたので、二人の心境《しんきょう》や距離感の変化を楽しんでいただければうれしいです。

1巻のときには自分に自信がなくて悲観的《ひかんてき》だった湊人《みなと》くんも、りこちゃんの愛の力で少しずつ成長しています。湊人くんが成長したことで、りこちゃんがドキドキきゅんきゅんさせられる場面なども出てくるので、その辺りも注目してみてください。

最後に、本作の出版に際し、お力を貸して下さった皆様、本当にありがとうございました。

イラストレーターのあやみ様、本当に可愛《かわい》らしくりこを描いてくださり感激でした！

担当のMさん、今回も挿絵《さしえ》のチョイスが最高すぎて、イラストが届くたび大はしゃぎでした！

そしてそして、拙作《せっさく》を手にして下さった読者様。相変わらず大変な状況下での生活が続きますが、どうかお体と心の健康をお大事にしてくださいね。この本が少しでも気分転換のお役に立てればいいなあと思っています。

それでは、またどこかで！

二〇二一年三月某日　　斧名田マニマニ

ファンレター、作品の
ご感想をお待ちしています

〈あて先〉

〒106－0032
東京都港区六本木2－4－5
SBクリエイティブ（株）
GA文庫編集部 気付

「斧名田マニマニ先生」係
「あやみ先生」係

本書に関するご意見・ご感想は
右のQRコードよりお寄せください。

※アクセスの際に発生する通信費等はご負担ください。

https://ga.sbcr.jp/

尽《つ》くしたがりなうちの嫁《よめ》について デレてもいいか？2

発　行　　2021年4月30日　初版第一刷発行
著　者　　斧名田マニマニ
発行人　　小川 淳

発行所　　SBクリエイティブ株式会社
〒106－0032
東京都港区六本木2－4－5
電話　03－5549－1201
03－5549－1167（編集）

装　丁　　AFTERGLOW

印刷・製本　中央精版印刷株式会社

ISBN978-4-8156-0965-8
Printed in Japan　　GA文庫